KB202231

나는 나의 삶을 살고 있습니다

세계시인선

61

나는 나의 삶을 살고 있습니다

라이너 마리아 릴케

김재혁 옮김

DAS STUNDEN-BUCH
Rainer Maria Rilke

일러두기

1   작품 번역과 주 작성에 사용한 텍스트는 다음과 같다.
    Rainer Maria Rilke: Werke. Kommentierte Ausgabe in vier Bänden,
    Insel Verlag, Frankfurt am Main und Leipzig, 1996.
2   이 시집의 원제는 '기도시집(Das Stunden-Buch)'이다.
    한국어판의 제목으로 삼은 "나는 나의 삶을 살고 있습니다"는
    이 시집의 두 번째 시에 나오는 구절이다.
3   이 책의 7쪽 나무 삽화와 8쪽 수도원 필사자 삽화가 있는 표지 디자인은
    1905년 독일 인젤출판사에서 초판 출간 당시 발터 티만이 그린 것이다.
    (그의 타이포 디자인 특징은 대문자가 빨간색인데, 이 판본에서는 색깔을
    살리지 못했다.)

차례

소설가 보리스 파스테르나크의 아버지인 화가 레오니드 파스테르나크가 그린
릴케의 초상화 스케치(1900년)

Gelegt in die Hände von Lou
루의 손에 바칩니다

Da neigt sich die Stunde und rührt mich an
mit klarem, metallenem Schlag:
mir zittern die Sinne. Ich fühle: ich kann —
und ich fasse den plastischen Tag.

Nichts war noch vollendet, eh ich es erschaut,
ein jedes Werden stand still.
Meine Blicke sind reif, und wie eine Braut
kommt jedem das Ding, das er will.

Nichts ist mir zu klein, und ich lieb es trotzdem
und mal es auf Goldgrund und groß
und halte es hoch, und ich weiß nicht wem
löst es die Seele los . . .

Ich lebe mein Leben in wachsenden Ringen,
die sich über die Dinge ziehn.
Ich werde den letzten vielleicht nicht vollbringen,
aber versuchen will ich ihn.

Ich kreise um Gott, um den uralten Turm,
und ich kreise jahrtausendelang;
und ich weiß noch nicht: bin ich ein Falke, ein Sturm
oder ein großer Gesang.

1부

수도사 생활의 서

DAS BUCH VOM MÖNCHISCHEN
LEBEN
(1899년)

Da neigt sich die Stunde und rührt mich an
mit klarem, metallenem Schlag:
mir zittern die Sinne. Ich fühle: ich kann —
und ich fasse den plastischen Tag.

Nichts war noch vollendet, eh ich es erschaut,
ein jedes Werden stand still.
Meine Blicke sind reif, und wie eine Braut
kommt jedem das Ding, das er will.

Nichts ist mir zu klein, und ich lieb es trotzdem
und mal es auf Goldgrund und groß,
und halte es hoch, und ich weiß nicht wem
löst es die Seele los...

Ich lebe mein Leben in wachsenden Ringen,
die sich über die Dinge ziehn.
Ich werde den letzten vielleicht nicht vollbringen,
aber versuchen will ich ihn.

Ich kreise um Gott, um den uralten Turm,

이제 시간이 기울면서 나[1]를
맑은 금속성 울림으로 툭 칩니다.
내 감각이 떨려 옵니다. 난 할 수 있다고 느낍니다.
그리하여 나는 조형의 하루를 손에 쥡니다.

내가 바라보기 전에는 완성된 것은 없었습니다.
모든 생성은 멎어 있었습니다.
나의 눈길은 무르익어, 보내는 눈길마다
원하는 것이 마치 신부처럼 다가옵니다.

내게 하찮은 것이란 없으며, 그래도 나는 사랑하여
그것을 황금빛 바탕[2] 위에 크게 그려
높이 쳐듭니다, 그러면 그것이 누구의
영혼을 풀어 줄지[3] 나는 알지 못합니다……[4]

사물들 너머로 펼쳐지며 점점 커 가는
동그라미들 속에서 나는 나의 삶을 살고 있습니다.[5]
마지막 동그라미를 마무리 지을지 알지 못하지만
나 온 힘을 다해 해보렵니다.

나는 신의 주위를 맴돕니다, 태곳적 탑을,

und ich kreise jahrtausendelang;

und ich weiß noch nicht: bin ich ein Falke, ein Sturm

oder ein großer Gesang.

Ich habe viele Brüder in Sutanen

im Süden, wo in Klöstern Lorbeer steht.

Ich weiß, wie menschlich sie Madonnen planen,

und träume oft von jungen Tizianen,

durch die der Gott in Gluten geht.

Doch wie ich mich auch in mich selber neige:

Mein Gott ist dunkel und wie ein Gewebe

von hundert Wurzeln, welche schweigsam trinken.

Nur, daß ich mich aus *seiner* Wärme hebe,

mehr weiß ich nicht, weil alle meine Zweige

tief unten ruhn und nur im Winde winken.

Wir dürfen dich nicht eigenmächtig malen,

du Dämmernde, aus der der Morgen stieg.

Wir holen aus den alten Farbenschalen

die gleichen Striche und die gleichen Strahlen,

mit denen dich der Heilige verschwieg.

Wir bauen Bilder vor dir auf wie Wände;

나 수천 년이라도 돌고 돌 것입니다.[6]
나는 아직 알지 못합니다, 내가 매인지, 폭풍인지
아니면 한 곡의 위대한 노래인지.[7]

수도원마다 월계수가 서 있는 남쪽 나라,[8]
그곳에 수도복을 입은 나의 많은 형제가 있습니다.
그들이 얼마나 인간적으로 성모를 그리는지[9] 압니다.
그리고 종종 신을 빛나는 광휘 속으로 모셔 올
젊은 티치아노[10]와 같은 화가[11]를 나는 꿈꿉니다.

그렇지만 나의 내면을 향해 굽어보면,
나의 신은 어둡고 마치 소리 없이 물 마시는
수많은 뿌리가 뒤엉켜 있는 것 같습니다.
내가 신의 온기를 바탕으로 성장한다는 것뿐
그 이상은 알지 못합니다. 나의 모든 나뭇가지는
저 깊은 곳에서 쉬며 바람결에나 손짓할 뿐이니까요.[12]

우리는 당신을 마음대로 그려서는 안 됩니다,
아침을 보내 주신 그대 여명이시여,
우리는 오래된 팔레트에서
성자가 당신을 감추었을 때와
똑같은 선과 똑같은 빛을 가져옵니다.[13]

우리는 당신 앞에 벽처럼 그림들을 세웁니다.

so daß schon tausend Mauern um dich stehn.
Denn dich verhüllen unsre frommen Hände,
sooft dich unsre Herzen offen sehn.

Ich liebe meines Wesens Dunkelstunden,
in welchen meine Sinne sich vertiefen;
in ihnen hab ich, wie in alten Briefen,
mein täglich Leben schon gelebt gefunden
und wie Legende weit und überwunden.

Aus ihnen kommt mir Wissen, daß ich Raum
zu einem zweiten zeitlos breiten Leben habe.
Und manchmal bin ich wie der Baum,
der, reif und rauschend, über einem Grabe
den Traum erfüllt, den der vergangne Knabe
(um den sich seine warmen Wurzeln drängen)
verlor in Traurigkeiten und Gesängen.

Du, Nachbar Gott, wenn ich dich manchesmal
in langer Nacht mit hartem Klopfen störe, —
so ists, weil ich dich selten atmen höre
und weiß: Du bist allein im Saal.
Und wenn du etwas brauchst, ist keiner da,
um deinem Tasten einen Trank zu reichen:

벌써 수천의 벽이 당신을 에워싸고 있습니다.
우리의 마음이 당신을 뚜렷이 보기 무섭게
우리의 경건한 손들은 당신을 가려 버리니까요.

내 존재의 어두운 시간을 나는 사랑합니다,
이 시간이면 나의 감각은 깊어지니까요,
마치 오래된 편지에서 느끼는 것처럼
이때 나는 지나온 날들의 삶의 모습을
저만치 전설처럼 극복된 것처럼 바라봅니다.

어두운 시간은 알려줍니다, 또 내겐 다른 삶에
이르는 시간을 초월한 드넓은 공간이 있음을.
그리고 가끔 나는 한 그루 나무와 같습니다,
무덤 위에 자라나 바람결에 가지를 흔들며
죽어 간 소년(따스한 나무뿌리들이 그를 에워싸고
있습니다)이 슬픔과 노래 속에서 잃어버렸던
바로 그 꿈을 이루어 주는 나무와 같습니다.[14]

그대, 나의 이웃 신이여, 기나긴 밤 때때로
내가 당신의 문을 세차게 두드려 성가시게 함은
넓은 방에 홀로 있는 당신의
숨소리 잘 들리지 않기 때문입니다.
그리고 설령 당신이 무언가 필요로 한다 해도,
더듬는 당신 손에 물 한 모금 건네줄 이 없습니다.

ich horche immer. Gieb ein kleines Zeichen.
Ich bin ganz nah.

Nur eine schmale Wand ist zwischen uns,
durch Zufall; denn es könnte sein:
ein Rufen deines oder meines Munds —
und sie bricht ein
ganz ohne Lärm und Laut.

Aus deinen Bildern ist sie aufgebaut.

Und deine Bilder stehn vor dir wie Namen.
Und wenn einmal das Licht in mir entbrennt,
mit welchem meine Tiefe dich erkennt,
vergeudet sichs als Glanz auf ihren Rahmen.

Und meine Sinne, welche schnell erlahmen,
sind ohne Heimat und von dir getrennt.

Wenn es nur einmal so ganz stille wäre.
Wenn das Zufällige und Ungefähre
verstummte und das nachbarliche Lachen,
wenn das Geräusch, das meine Sinne machen,
mich nicht so sehr verhinderte am Wachen — :

나 언제나 귀 기울이고 있으니, 작은 표시라도 하소서.
나 당신 바로 가까이에 있습니다.

단지 얇은 벽 하나가 우리 사이에 있을 뿐입니다.
우연처럼 말입니다. 당신이나
나의 입에서 나오는 한마디 외침으로
벽은 소리 하나 없이
허물어져 내릴 테니까요.

당신의 성화들로 벽은 만들어져 있습니다.[15]

성화들은 당신 앞에 이름들처럼 서 있습니다.[16]
깊은 마음으로 당신을 인식할 수 있는
빛이 나의 가슴속에서 활활 타오르면, 그것은
그림들의 틀을 비추다가 소모되고 맙니다.

그리고 금방 시들어 버리는 나의 감각은
머물 곳도 없이 당신과 떨어져 있습니다.

단 한 번만이라도 완전히 고요해진다면.
우연한 것, 막연한 것
그리고 이웃의 웃음소리가 침묵한다면,
내 감각이 만들어 내는 소음이
나의 각성을 방해하지 않는다면

Dann könnte ich in einem tausendfachen
Gedanken bis an deinen Rand dich denken
und dich besitzen (nur ein Lächeln lang),
um dich an alles Leben zu verschenken
wie einen Dank.

Ich lebe grad, da das Jahrhundert geht.
Man fühlt den Wind von einem großen Blatt,
das Gott und du und ich beschrieben hat
und das sich hoch in fremden Händen dreht.

Man fühlt den Glanz von einer neuen Seite,
auf der noch Alles werden kann.

Die stillen Kräfte prüfen ihre Breite
und sehn einander dunkel an.

Ich lese es heraus aus deinem Wort,
aus der Geschichte der Gebärden,
mit welchen deine Hände um das Werden
sich ründeten, begrenzend, warm und weise.
Du sagtest *leben* laut und *sterben* leise
und wiederholtest immer wieder: *Sein*.
Doch vor dem ersten Tode kam der Mord.

나 수천 번의 사색으로
당신의 자락에 이르기까지 당신을 생각하고
(미소 짓는 순간 만큼) 당신을 소유할 수 있으련만.
감사의 표시로
당신을 모든 생명에게 바칠 수 있게.

나는 한 세기가 지나가는 길목에 살고 있습니다.
신과 당신 그리고 내가 그려 놓은,
하늘 높이 낯선 손에 잡혀 돌고 있는
커다란 종이 한 장이 일으키는 바람결을 느낍니다.

앞으로 모든 것이 이루어질
새로운 페이지가 뿌려 주는 광휘를 느낍니다.

묵묵한 힘들이 저마다의 넓이를 재보며
서로를 어슴푸레 응시하고 있습니다.[17]

나는 그것을 당신의 말씀에서 읽습니다,
당신의 두 손이 생성 주변을 둥글게 감싸며
따뜻하고 현명하게 마무리 지은
그 몸짓의 역사로부터 말입니다.
당신은 **삶**은 크게, **죽음**은 나직이 말씀하셨습니다.[18]
그리고 언제나 **존재**하라고 반복하셨습니다.
하지만 최초의 죽음에 앞서 살인이 있었습니다.[19]

Da ging ein Riß durch deine reifen Kreise

und ging ein Schrein

und riß die Stimmen fort,

die eben erst sich sammelten,

um dich zu sagen,

um dich zu tragen,

alles Abgrunds Brücke - —

Und was sie seither stammelten,

sind Stücke

deines alten Namens.

Der blasse Abelknabe spricht:

Ich bin nicht. Der Bruder hat mir was getan,

was meine Augen nicht sahn.

Er hat mir das Licht verhängt.

Er hat mein Gesicht verdrängt

mit seinem Gesicht.

Er ist jetzt allein.

Ich denke, er muß noch sein.

Denn ihm tut niemand, wie er mir getan.

Es gingen alle meine Bahn,

kommen alle vor seinen Zorn,

gehen alle an ihm verloren.

그리하여 당신의 원숙한 순환에 균열이 생겼습니다.
외마디 소리가 허공을 가르며,[20]
당신을 말하고
모든 심연의 다리 위로
당신을 나르기 위해서
겨우 모여든 목소리들을
일거에 쓸어 버렸습니다.

그리고 이후로 이 목소리들이 중얼거린 것은
당신의 오래된 이름의
조각들뿐입니다.

소년 아벨이 얼굴이 파랗게 질려 말한다:[21]

나는 이 세상에 없습니다. 형이 내게
내 눈이 보지 못한 짓을 저질렀습니다.
형은 내게서 빛을 앗아 가 버렸습니다.
그는 자기 얼굴로
내 얼굴을 밀쳐 내 버렸습니다.
그는 이제 혼자입니다.
그는 더 살아남겠지요.
그가 내게 한 짓을 아무도 그에게 할 수 없으니까요.[22]
모두 나와 같은 길을 걸었고,
모두 그의 분노와 마주쳐
그의 분노로 파멸합니다.

Ich glaube, mein großer Bruder wacht

wie ein Gericht.

An mich hat die Nacht gedacht;

an ihn nicht.

Du Dunkelheit, aus der ich stamme,

ich liebe dich mehr als die Flamme,

welche die Welt begrenzt,

indem sie glänzt

für irgend einen Kreis,

aus dem heraus kein Wesen von ihr weiß.

Aber die Dunkelheit hält alles an sich:

Gestalten und Flammen, Tiere und mich,

wie sie's errafft,

Menschen und Mächte —

Und es kann sein: eine große Kraft

rührt sich in meiner Nachbarschaft.

Ich glaube an Nächte.

Ich glaube an Alles noch nie Gesagte.

나는 나의 형이 법정처럼
깨어 있다고 생각합니다.
하지만 밤이 기억한 것은 나지
그가 아니었습니다.

나를 낳아 준 그대 어둠이여,
나는 불꽃보다 당신을 더 사랑합니다,
불꽃은 둥그렇게
찬란히 빛나면서
세계를 구별 짓지만,
그 바깥에 있는 어떤 존재도 불꽃을 모릅니다.

그러나 어둠은 모든 것을 제 품에 품고 있습니다
형상들과 불꽃, 짐승들과 나를,
인간과 모든 세력까지도
낚아챕니다 ──

어쩌면 바로 내 곁에서 어떤 위대한 힘이
움직이고 있는지도 모릅니다.

나는 밤을 믿습니다.

내가 믿는 것은 말해진 적이 없는 모든 것입니다.

Ich will meine frömmsten Gefühle befrein.

Was noch keiner zu wollen wagte,

wird mir einmal unwillkürlich sein.

Ist das vermessen, mein Gott, vergieb.

Aber ich will dir damit nur sagen:

Meine beste Kraft soll sein wie ein Trieb,

so ohne Zürnen und ohne Zagen;

so haben dich ja die Kinder lieb.

Mit diesem Hinfluten, mit diesem Münden

in breiten Armen ins offene Meer,

mit dieser wachsenden Wiederkehr

will ich dich bekennen, will ich dich verkünden

wie keiner vorher.

Und ist das Hoffahrt, so laß mich hoffährtig sein

für mein Gebet,

das so ernst und allein

vor deiner wolkigen Stirne steht.

Ich bin auf der Welt zu allein und doch nicht allein genug,

um jede Stunde zu weihn.

Ich bin auf der Welt zu gering und doch nicht klein genug,

um vor dir zu sein wie ein Ding,

나는 나의 경건한 감정을 풀어놓으렵니다.
지금까지 아무도 감히 바라지 못했던 것, 그것이
언젠가 내게서 저절로 이루어질 것입니다.

너무 방자한 말인가요, 나의 신이여, 용서하소서.
하지만 내가 말하고 싶은 것은 다만,
나의 가장 훌륭한 힘은 분노도 겁도 없는
충동과도 같다는 것입니다, 마치
아이들이 당신을 좋아하듯 말입니다.

이렇게 넘쳐흐르고 저렇게 굽이쳐서
양팔 넓게 벌려 큰 바다로 흘러들 듯,
이렇게 커 가는 반복 속에서 나는
지금까지의 누구보다도 더
당신을 알리고 당신을 포고하렵니다.

이것도 오만인가요, 하지만
당신의 구름 낀 이마를 배경으로
이렇듯 진지하고 외롭게 서 있는
나의 기도를 위해 이 오만함을 용서하소서.

나는 이 세상에서 아주 고독합니다, 하지만
모든 시간에 축복을 내릴 만큼 고독하지는 못합니다.
나는 이 세상에서 아주 보잘것없는 존재입니다, 하지만
당신 앞에 하나의 사물처럼 설 정도로 작지는 못합니다,

dunkel und klug.

Ich will meinen Willen und will meinen Willen begleiten

die Wege zur Tat;

und will in stillen, irgendwie zögernden Zeiten,

wenn etwas naht,

unter den Wissenden sein

oder allein.

Ich will dich immer spiegeln in ganzer Gestalt,

und will niemals blind sein oder zu alt

um dein schweres schwankendes Bild zu halten.

Ich will mich entfalten.

Nirgends will ich gebogen bleiben,

denn dort bin ich gelogen, wo ich gebogen bin.

Und ich will meinen Sinn

wahr vor dir. Ich will mich beschreiben

wie ein Bild, das ich sah,

lange und nah,

wie ein Wort, das ich begriff,

wie meinen täglichen Krug,

wie meiner Mutter Gesicht,

wie ein Schiff,

das mich trug

durch den tödlichsten Sturm.

어둡고 영리한 사물처럼 말입니다.
나는 나의 의지를, 나의 의지만을 따르렵니다
행동으로 나아가는 길을.
그리고 머뭇거리는 조용한 시간에
무언가가 다가오면
깨친 자들 틈에 있거나 아니면
혼자 있을 것입니다.

나는 언제나 당신의 온 모습을 비추렵니다,
그리고 당신의 흔들리는 무거운 성화를 들고 있기 위해
언제고 눈멀지도 늙지도 않을 것입니다.
나는 나 자신을 펼치고 싶습니다.
결코 이 몸 어디도 굽히지 않을 것입니다,
내가 굽히는 곳이 있다면 나는 속는 것이니까요.
그리고 당신 앞에서 나의 마음을
진실되이 하렵니다. 나는 나 자신을 그리렵니다,
오랫동안 가까이서
보아 온 그림처럼,
비로소 이해하게 된 낱말처럼,
매일같이 사용하는 단지처럼,
어머니의 얼굴처럼,
치명적인 폭풍을 뚫고
나를 실어다 준
배처럼.

Du siehst, ich will viel.

Vielleicht will ich Alles:

das Dunkel jedes unendlichen Falles

und jedes Steigens lichtzitterndes Spiel.

Es leben so viele und wollen nichts

und sind durch ihres leichten Gerichts

glatte Gefühle gefürstet.

Aber du freust dich jedes Gesichts,

das dient und dürstet.

Du freust dich Aller, die dich gebrauchen

wie ein Gerät.

Noch bist du nicht kalt, und es ist nicht zu spät,

in deine werdenden Tiefen zu tauchen,

wo sich das Leben ruhig verrät.

Wir bauen an dir mit zitternden Händen,

und wir türmen Atom auf Atom.

Aber wer kann dich vollenden,

du Dom.

Was ist Rom?

보다시피 나는 많은 것을 원합니다.
아마도 모든 것을 바라는지도 모릅니다.
모든 끝없는 추락 속의 어둠과
온갖 상승의 반짝이는 유희를 원하는 거지요.

많은 사람들이 살아가며 아무것도 원치 않습니다.
그들은 가벼운 요리로
왕후의 수수한 멋을 누리려 할 따름입니다.

그러나 당신이 기뻐하는 얼굴은
봉사하고 갈망하는 얼굴입니다.

당신은 도구처럼 당신을 사용하는
그런 모든 사람들을 좋아합니다.

당신의 몸은 아직 식지 않았습니다, 그리고 삶이
조용히 제 비밀을 털어놓는 점점 깊어 가는 당신의 깊이에
잠기기에 아직 늦지 않았습니다.

우리는 떨리는 손으로 당신을 짓습니다.
한 조각 한 조각 쌓아 올립니다.
하지만 누가 당신을 완성할 수 있을까요,
그대 성당이여.

로마란 무엇인가요?

Es zerfällt.

Was ist die Welt?

Sie wird zerschlagen,

eh deine Türme Kuppeln tragen,

eh aus Meilen von Mosaik

deine strahlende Stirne stieg.

Aber manchmal im Traum

kann ich deinen Raum

überschaun,

tief vom Beginne

bis zu des Daches goldenem Grate.

Und ich seh: meine Sinne

bilden und baun

die letzten Zierate.

Daraus, daß Einer dich einmal gewollt hat,

weiß ich, daß wir dich wollen dürfen.

Wenn wir auch alle Tiefen verwürfen:

wenn ein Gebirge Gold hat

und keiner mehr es ergraben mag,

trägt es einmal der Fluß zutag,

der in die Stille der Steine greift,

der vollen.

그것은 무너져 없어지는 것.
세계란 무엇입니까?
당신의 탑에 둥근 지붕이 얹히기 전에,
수 마일에 이르는 모자이크로 된
찬란한 당신의 이마가 솟아오르기 전에
세계는 무너질 것입니다.

그렇지만 때때로 꿈속에서
나는 당신의 공간을
조망할 수 있습니다.
저 아래 토대로부터
황금 지붕마루에 이르기까지.

그리고 나는 봅니다, 나의 감각이
마지막 장식을
만들어 달고 있는 광경을.

예전에 누군가[23] 당신을 간절히 원했던 것처럼
우리 역시 당신을 원해도 된다는 걸 알아요.
설령 우리가 모든 깊이의 존재를 부정한다 해도 ─
산맥이 금을 품고 있다면
누가 일부러 그것을 캐내지 않는다 해도
바위의 적막 속으로 흐르는 물이,
넘쳐 나오는 그 물이
언젠가 그것을 바깥으로 밀어 낼 것입니다.

Auch wenn wir nicht wollen:
Gott reift.

Wer seines Lebens viele Widersinne
versöhnt und dankbar in ein Sinnbild faßt,
der drängt
die Lärmenden aus dem Palast,
wird *anders* festlich, und du bist der Gast,
den er an sanften Abenden empfängt.

Du bist der Zweite seiner Einsamkeit,
die ruhige Mitte seinen Monologen,
und jeder Kreis, um dich gezogen,
spannt ihm den Zirkel aus der Zeit.

Was irren meine Hände in den Pinseln?
Wenn ich dich *male*, Gott, du merkst es kaum.

Ich *fühle* dich. An meiner Sinne Saum
beginnst du zögernd, wie mit vielen Inseln,
und deinen Augen, welche niemals blinseln,
bin ich der Raum.

우리가 원치 않는다 해도
신은 성숙해 갑니다.

삶의 숱한 모순을 화해시켜
감사하게 하나의 상징으로 변모시키는 자,
그자가 시끄러운 자들을
궁전에서 내쫓고,
이들과는 다르게 잔치를 벌이면, 당신은 손님,
아늑한 저녁이면 그는 당신을 맞이합니다.

당신은 그의 고독의 반려,
그의 독백의 고요한 중심입니다.
당신 주위로 그어진 모든 원은
그에게 시간의 원을 넘게 해 줍니다.

붓을 잡은 이 손은 왜 이리 헤매는 걸까요?
당신을 **그려도**, 신이여, 당신은 눈치채지 못하지요.

나는 당신을 **느낍니다**. 내 감각의 가장자리에서
당신은 멀리 많은 섬처럼 머뭇거리며 시작하고,
결코 깜박이지 않는 당신의 눈 앞에서
나는 공간이 됩니다.

Du bist nichtmehr inmitten deines Glanzes,
wo alle Linien des Engeltanzes
die Fernen dir verbrauchen mit Musik, —
du wohnst in deinem allerletzten Haus.
Dein ganzer Himmel horcht in mich hinaus,
weil ich mich sinnend dir verschwieg.

Ich bin, du Ängstlicher. Hörst du mich nicht
mit allen meinen Sinnen an dir branden?
Meine Gefühle, welche Flügel fanden,
umkreisen weiß dein Angesicht.
Siehst du nicht meine Seele, wie sie dicht
vor dir in einem Kleid aus Stille steht?
Reift nicht mein mailiches Gebet
an deinem Blicke wie an einem Baum?

Wenn du der Träumer bist, bin ich dein Traum.
Doch wenn du wachen willst, bin ich dein Wille
und werde mächtig aller Herrlichkeit
und ründe mich wie eine Sternenstille
über der wunderlichen Stadt der Zeit.

Mein Leben ist nicht diese steile Stunde,
darin du mich so eilen siehst.

당신은 이제 당신의 영광 속에 있지 않습니다.
천사의 춤사위가 음악과 함께
당신을 멀리 데려가
당신은 이 세상 맨 끄트머리 집에 살고 있습니다.
당신의 온 하늘은 내 가슴에 귀 기울이고 있습니다.
내가 묵상 속에서 당신에게 침묵했기 때문입니다.[24]

그대 소심한 이여, 나 여기 있어요. 나의 모든 감각이
당신에게 부딪쳐 부서지는 이 소리가 안 들리나요?
다시 날개를 단 나의 감정은
당신 얼굴 주위를 맴돌 줄 압니다.
당신은 보지 못하나이까, 당신 바로 앞에
고요의 옷을 차려입고 서 있는 이 영혼을?
봄처럼 싱그러운 나의 기도는 나무의 열매가 무르익듯
당신의 눈길로 익어 가지 않는가요?

당신이 꿈꾸는 이라면, 나는 꿈이 되겠습니다.
하지만 당신이 깨어 있으려 한다면, 당신의 의지가 되고,
그리고 나는 모든 영광을 취하여
시간의 신비로운 도시 위로
별들의 정적처럼 나를 둥글게 펼치겠습니다.[25]

나의 삶은 당신 눈에 부산하게 비치는
그런 가파른 시간이 아닙니다.

Ich bin ein Baum vor meinem Hintergrunde,
ich bin nur einer meiner vielen Munde
und jener, welcher sich am frühsten schließt.

Ich bin die Ruhe zwischen zweien Tönen,
die sich nur schlecht aneinander gewöhnen:
denn der Ton Tod will sich erhöhn —

Aber im dunklen Intervall versöhnen
sich beide zitternd.
           Und das Lied bleibt schön.

Wenn ich gewachsen wäre irgendwo,
wo leichtere Tage sind und schlanke Stunden,
ich hätte dir ein großes Fest erfunden,
und meine Hände hielten dich nicht so,
wie sie dich manchmal halten, bang und hart.

Dort hätte ich gewagt, dich zu vergeuden,
du grenzenlose Gegenwart.
Wie einen Ball
hätt ich dich in alle wogenden Freuden
hineingeschleudert, daß einer dich finge
und deinem Fall
mit hohen Händen entgegenspringe,

나는 나의 배경 앞에 서 있는 한 그루 나무,
나는 나의 많은 입 중의 하나일 뿐입니다,
맨 먼저 다무는 그 입입니다.

나는 서로 어울리지 못하는
두 음 사이의 휴지(休止)입니다,
죽음의 음만 높아지려 하기에.

하지만 그 어두운 중간에서
두 음은 떨면서 화해합니다.
　　그리하여 노래는 아름답게 됩니다.[26]

가벼운 날들과 날씬한 시간들이 서 있는[27]
그 어디서 내가 자라났다면,
나 당신에게 훌륭한 축제를 베풀었을 것입니다.
그리고 내 손은 지금처럼 당신을 꼭 잡아
당신을 두렵고 아프게 하지 않았을 것입니다.

거기서라면 당신을 신나게 써 버렸을 것입니다,
당신 가없는 현재여.
마치 공처럼
파도치는 기쁨 속으로 당신을
던져 올리면, 누군가 당신을 잡았을 것입니다.
당신의 낙하에
빈손을 내밀어 주었을 것입니다,

du Ding der Dinge.

Ich hätte dich wie eine Klinge

blitzen lassen.

Vom goldensten Ringe

ließ ich dein Feuer umfassen,

und er müßte mirs halten

über die weißeste Hand.

Gemalt hätte ich dich: nicht an die Wand,

an den Himmel selber von Rand zu Rand,

und hätt dich gebildet, wie ein Gigant

dich bilden würde: als Berg, als Brand,

als Samum, wachsend aus Wüstensand —

oder

es kann auch sein: ich fand

dich einmal...

       Meine Freunde sind weit,

ich höre kaum noch ihr Lachen schallen;

und du: du bist aus dem Nest gefallen,

bist ein junger Vogel mit gelben Krallen

und großen Augen und tust mir leid.

(Meine Hand ist dir viel zu breit.)

Und ich heb mit dem Finger vom Quell einen Tropfen

und lausche, ob du ihn lechzend langst,

당신 사물의 정수(精髓)여.

나 당신을 칼날처럼
빛나게 했을 것입니다.
황금빛 눈부신 고리로
당신의 불을 감쌌을 것입니다,
그 고리는 더없이 하얗게 빛나며
불을 내게 내밀었을 것입니다.

나는 당신을 벽에다 그리지 않고,
직접 하늘 끝에서 끝까지 그렸을 것입니다,
그리고 당신을 거인처럼
만들었을 것입니다, 산처럼, 불난리처럼,
사막에 불어닥치는 자풍[28]처럼,

혹
나 당신을 언젠가
발견했을지도 모를 일입니다……
                내 친구들은 지금 멀리 있어,
그들의 웃음소리 한 조각 들리지 않습니다.
그리고 당신, 당신은 둥지에서 떨어졌습니다.
당신은 노란 발톱과 커다란 눈의 어린 새,
측은하군요.[29]
(나의 손은 당신에겐 너무나 큽니다.)
나는 손가락으로 한 방울의 샘물을 당신께 뿌리고
당신이 핥는지 엿듣습니다.

und ich fühle dein Herz und meines klopfen
und beide aus Angst.

Ich finde dich in allen diesen Dingen,
denen ich gut und wie ein Bruder bin;
als Samen sonnst du dich in den geringen
und in den großen giebst du groß dich hin.

Das ist das wundersame Spiel der Kräfte,
daß sie so dienend durch die Dinge gehn:
in Wurzeln wachsend, schwindend in die Schäfte
und in den Wipfeln wie ein Auferstehn.

Stimme eines jungen Bruders

Ich verrinne, ich verrinne
wie Sand, der durch Finger rinnt.
Ich habe auf einmal so viele Sinne,
die alle anders durstig sind.
Ich fühle mich an hundert Stellen
schwellen und schmerzen.
Aber am meisten mitten im Herzen.

Ich möchte sterben. Laß mich allein.

그리고 당신 심장과 내 심장이 함께 뛰는 것을 느끼며,
둘 다 불안으로 가득합니다.[30]

내가 착한 마음으로 형제처럼 대하는
이 세상의 모든 사물에서 당신을 만납니다.
당신은 작은 사물 속에서는 씨알로 볕을 쬐고
또 큰 사물에는 크게 몸을 맡깁니다.

그렇듯 헌신하며 사물 속을 흐르는 것은
참으로 놀라운 힘들의 유희입니다.
뿌리에서 자라오르다, 줄기에 가서는 사라지고
그리고 우듬지에 이르면 부활하는.

젊은 형제 수도사의 목소리[31]

나 사라집니다, 흘러 사라집니다
손가락 사이로 빠져나가는 모래알처럼.
나 갑자기 저마다 목말라하는
무수한 감각에 눈을 뜹니다.
온몸 이곳저곳이
부어오르고 아파 옴을 느낍니다.
가장 아픈 곳은 심장 한가운데입니다.

나는 죽고 싶습니다. 날 혼자 내버려 둬요.

Ich glaube, es wird mir gelingen,

so bange zu sein,

daß mir die Pulse zerspringen.

Sieh, Gott, es kommt ein Neuer an dir bauen,

der gestern noch ein Knabe war; von Frauen

sind seine Hände noch zusammgefügt

zu einem Falten, welches halb schon lügt.

Denn seine Rechte will schon von der Linken,

um sich zu wehren oder um zu winken

und um am Arm allein zu sein.

Noch gestern war die Stirne wie ein Stein

im Bach, geründet von den Tagen,

die nichts bedeuten als ein Wellenschlagen

und nichts verlangen, als ein Bild zu tragen

von Himmeln, die der Zufall drüber hängt;

heut drängt

auf ihr sich eine Weltgeschichte

vor einem unerbittlichen Gerichte,

und sie versinkt in seinem Urteilsspruch.

Raum wird auf einem neuen Angesichte.

Es war kein Licht vor diesem Lichte,

und, wie noch nie, beginnt dein Buch.

이제 맥박이 터질 만큼
불안감이 나를
덮쳐 올 것입니다.

신이여, 보소서,[32] 어제만 해도 소년이었던
새로운 이가 당신을 지으러 옵니다. 여인들에 의해
그의 손은 합장하도록 포개졌으니, 이것은
이미 반쯤은 속이는 일입니다.
그의 오른손은 벌써 왼손에서 벗어나려 합니다,
자신을 방어하거나 혹은 손짓하거나,
팔에 혼자 매달려 있겠다면서.

어제만 해도 그의 이마는 시간에 쓸려
둥글어진 냇물 속의 돌과 같았습니다,[33]
시간이야 잔물결과 같은 것이고,
또 우연히 드리운 하늘빛을
그의 이마에 반사할 따름입니다.
그러나 오늘은 그의 이마에
하나의 세계사가 달려와
냉혹한 심판 앞에 섭니다.
세계사는 판결문을 받아 듭니다.[34]

새 얼굴 위에 공간이 열립니다.[35]
이 빛 전에는 빛이란 없었습니다,
전과 전혀 다르게 당신의 책은 시작됩니다.

Ich liebe dich, du sanftestes Gesetz,

an dem wir reiften, da wir mit ihm rangen;

du großes Heimweh, das wir nicht bezwangen,

du Wald, aus dem wir nie hinausgegangen,

du Lied, das wir mit jedem Schweigen sangen,

du dunkles Netz,

darin sich flüchtend die Gefühle fangen.

Du hast dich so unendlich groß begonnen

an jenem Tage, da du uns begannst, —

und wir sind so gereift in deinen Sonnen,

so breit geworden und so tief gepflanzt,

daß du in Menschen, Engeln und Madonnen

dich ruhend jetzt vollenden kannst.

Laß deine Hand am Hang der Himmel ruhn

und dulde stumm, was wir dir dunkel tun.

Werkleute sind wir: Knappen, Jünger, Meister,

und bauen dich, du hohes Mittelschiff.

Und manchmal kommt ein ernster Hergereister,

geht wie ein Glanz durch unsre hundert Geister

und zeigt uns zitternd einen neuen Griff.

Wir steigen in die wiegenden Gerüste,

나는 당신을 사랑합니다, 그대 온화한 법칙이여.
당신의 법칙과 겨루면서 우리는 성숙하였습니다.
억누를 수 없는 크나큰 그리움인 당신이시여.
우리가 끝내 빠져나올 수 없는 그대 숲이시여.
우리가 침묵으로 부르는 그대 노래시여.
도망가는 감정들을 포획하는
그대 어두운 그물[36]이시여.

우리를 창조하신 그날에 당신 역시
한없이 큰 모습으로 시작하셨습니다.
우리는 당신의 햇빛을 받아 무르익고,
이토록 널리 퍼지며 깊이 뿌리내렸습니다.
이제야 당신은 인간, 천사 그리고 성모 품에
쉬면서 당신을 완성하실 수 있을 것입니다.

당신의 손을 하늘의 언덕 위에 얹으시고
말없이 기다려 주소서, 우리가 남몰래 하는 일을.[37]

일꾼들입니다, 우리는, 곁수[38], 공장(工匠), 장색(匠色)이죠.
우리는 당신을 짓습니다, 그대 높은 중당이여.
그러면 때때로 진지한 방랑자가 찾아와서는
한 줄기 빛처럼 우리의 수백의 혼 사이로 지나며
떨리는 손으로 우리에게 새로운 솜씨를 보여 줍니다.

우리는 일렁이는 비계 위로 올라갑니다,

in unsern Händen hängt der Hammer schwer,
bis eine Stunde uns die Stirnen küßte,
die strahlend und als ob sie Alles wüßte
von dir kommt, wie der Wind vom Meer.

Dann ist ein Hallen von dem vielen Hämmern,
und durch die Berge geht es Stoß um Stoß.
Erst wenn es dunkelt lassen wir dich los:
Und deine kommenden Konturen dämmern.

Gott, du bist groß.

Du bist so groß, daß ich schon nicht mehr bin,
wenn ich mich nur in deine Nähe stelle.
Du bist so dunkel; meine kleine Helle
an deinem Saum hat keinen Sinn.
Dein Wille geht wie eine Welle,
und jeder Tag ertrinkt darin.

Nur meine Sehnsucht ragt dir bis ans Kinn
und steht vor dir wie aller Engel größter:
ein fremder, bleicher und noch unerlöster,
und hält dir seine Flügel hin.

Er will nicht mehr den uferlosen Flug,

손마다 묵직하게 망치가 들려 있습니다.
모든 것을 아는 듯한 순간이
바다에서 불어오는 바람처럼 당신에게서
빛을 뿌리며 다가와 우리의 이마에 입 맞출 때까지.

그러면 망치질 소리가 끝없이 울려 퍼집니다.
산과 산을 넘어 뚝딱뚝딱 메아리칩니다.
어둑해질 무렵에야 우리는 당신을 놓아줍니다.
그러면 당신의 떠오르는 윤곽이 어슴푸레 보입니다.

신이여, 당신은 위대합니다.

당신은 너무나 위대하기에
당신 옆에만 서도 나는 이미 존재치 않습니다.
당신은 그토록 어둡기에 당신의 자락에 비치는
나의 작은 빛은 아무런 의미도 없습니다.
당신의 의지는 파도처럼 힘차서
모든 나날이 그 물결에 휩쓸립니다.

나의 그리움만이 당신의 턱을 향해 솟아
당신 앞에 가장 위대한 천사처럼 섭니다.
낯설고 파리한 아직 구원받지 못한 천사,
천사는 당신에게 그의 날개를 펼칩니다.[39]

창백한 빛을 뿌리며 흘러간 달을 스치는

an dem die Monde blaß vorüberschwammen,

und von den Welten weiß er längst genug.

Mit seinen Flügeln will er wie mit Flammen

vor deinem schattigen Gesichte stehn

und will bei ihrem weißen Scheine sehn,

ob deine grauen Brauen ihn verdammen.

So viele Engel suchen dich im Lichte

und stoßen mit den Stirnen nach den Sternen

und wollen dich aus jedem Glanze lernen.

Mir aber ist, sooft ich von dir dichte,

daß sie mit abgewendetem Gesichte

von deines Mantels Falten sich entfernen.

Denn du warst selber nur ein Gast des Golds.

Nur einer Zeit zuliebe, die dich flehte

in ihre klaren marmornen Gebete,

erschienst du wie der König der Komete,

auf deiner Stirne Strahlenströme stolz.

Du kehrtest heim, da jene Zeit zerschmolz.

Ganz dunkel ist dein Mund, von dem ich wehte,

und deine Hände sind von Ebenholz.

무한한 비상을 그는 바라지 않습니다.
세상을 이미 잘 알고 있는 까닭입니다.
천사는 날개를 불꽃 너울처럼 활짝 펴고
그림자 드리운 당신의 얼굴 앞에 서서
하얀 날개 빛으로 당신의 잿빛 눈썹이
자기를 벌하려는지 보고 싶어 합니다.[40]

그리도 많은 천사가 당신을 빛 속에서 찾으며,
별들을 향해 이마를 들이대면서
당신을 반짝이는 빛에서 배우려 합니다.
그러나 내가 당신에 대해 시를 지을 때마다,
그들이 얼굴을 돌린 채[41]
당신 외투의 주름에서 멀어진다고 느낍니다.

당신 자신이 황금의 손님인 적이 있었습니다.
저희의 맑은 대리석 기도[42] 속으로
당신을 애태워 부르던 그 한 시대[43]를 위해
당신은 혜성들의 왕처럼 나타났습니다,
이마엔 빛다발을 뽐내면서.

그 시대가 녹아내렸을 때, 당신은 돌아갔습니다.[44]

내게 숨결을 불어 준 당신의 입은 몹시 검습니다,
그리고 당신의 손은 흑단(黑檀)과 같습니다.[45]

Das waren Tage Michelangelo's,
von denen ich in fremden Büchern las.
Das war der Mann, der über einem Maß,
gigantengroß,
die Unermeßlichkeit vergaß.

Das war der Mann, der immer wiederkehrt,
wenn eine Zeit noch einmal ihren Wert,
da sie sich enden will, zusammenfaßt.
Da hebt noch einer ihre ganze Last
und wirft sie in den Abgrund seiner Brust.

Die vor ihm hatten Leid und Lust;
er aber fühlt nur noch des Lebens Masse
und daß er Alles wie *ein* Ding umfasse, —
nur Gott bleibt über seinem Willen weit:
da liebt er ihn mit seinem hohen Hasse
für diese Unerreichbarkeit.

Der Ast vom Baume Gott, der über Italien reicht,
hat schon geblüht.
Er hätte vielleicht
sich schon gerne, mit Früchten gefüllt, verfrüht,
doch er wurde mitten im Blühen müd,
und er wird keine Früchte haben.

미켈란젤로의 시절[46]이었지요,
나는 이국적인 책에서 읽은 적 있습니다.
그는 보통의 척도로는 잴 수 없을 만큼
거인처럼 거대한,
무한이라는 말을 잊은 사나이였습니다.

한 시대가 끝나 갈 때 그 시대의 가치를
다시 종합하려 할 때면, 언제나 되돌아오는
그런 사람이었습니다.
그때 그 사람은 시대의 온 무게를 들어 올려
자기 가슴의 심연[47]을 향해 집어 던지지요.

그의 선대 사람들은 고통과 기쁨을 구별했습니다.
그러나 그는 삶의 큰 덩어리만을 느낄 뿐이며
만물을 하나의 사물처럼 포옹합니다.
신만이 그의 의지 밖 저 멀리에 있습니다.
그래서 그는 이를 수 없는 신과의 거리에 대한
치솟는 증오심으로 신을 사랑합니다.[48]

신의 나뭇가지는 이탈리아까지 뻗어
이미 꽃을 피웠습니다.
일찌감치
열매로 가득하길 바랐겠지만,
한창 꽃을 피우다 지쳐 버렸으니
단 한 개의 열매도 맺지 못할 것입니다.[49]

Nur der Frühling Gottes war dort,

nur sein Sohn, das Wort,

vollendete sich.

Es wendete sich

alle Kraft zu dem strahlenden Knaben.

Alle kamen mit Gaben

zu ihm;

alle sangen wie Cherubim

seinen Preis.

Und er duftete leis

als Rose der Rosen.

Er war ein Kreis

um die Heimatlosen.

Er ging in Mänteln und Metamorphosen

durch alle steigenden Stimmen der Zeit.

Da ward auch die zur Frucht Erweckte,

die schüchterne und schönerschreckte,

die heimgesuchte Magd geliebt.

Die Blühende, die Unentdeckte,

in der es hundert Wege giebt.

Da ließen sie sie gehn und schweben

신의 봄만이 그곳에 있었습니다.
단지 신의 아들, 말씀만이
완성되었습니다.[50]
모든 힘은 그 눈부신 소년을
향했습니다.
모두 손에 손에 헌납물을 들고
그를 향했습니다.
다 함께 천사 게루빔처럼
그의 영광을 노래했습니다.

그리고 그는 장미 중의 장미가 되어
그윽한 향기를 풍겼습니다.
그는 고향 잃은 방랑자들을
감싸 주는 하나의 원이었습니다.
그는 다양한 외투를 입고 많은 변모를 겪으며
시대의 모든 상승하는 목소리들 사이를 누볐습니다.

그때 결실에 눈뜬 여인,[51]
부끄러움에 살짝 놀란 여인,
시험에 든 그 처녀에게 사랑이 스몄습니다.
그 여인은 꽃처럼 피어나는 여인,
수백의 길을 품은 미지의 여인이었습니다.

그때 사람들은 그녀를 세상으로 보내

und treiben mit dem jungen Jahr;
ihr dienendes Marien-Leben
ward königlich und wunderbar.
Wie feiertägliches Geläute
ging es durch alle Häuser groß;
und die einst mädchenhaft Zerstreute
war so versenkt in ihren Schoß
und so erfüllt von jenem Einen
und so für Tausende genug,
daß alles schien, sie zu bescheinen,
die wie ein Weinberg war und trug.

Aber als hätte die Last der Fruchtgehänge
und der Verfall der Säulen und Bogengänge
und der Abgesang der Gesänge
sie beschwert,
hat die Jungfrau sich in anderen Stunden,
wie von Größerem noch unentbunden,
kommenden Wunden
zugekehrt.

Ihre Hände, die sich lautlos lösten,
liegen leer.
Wehe, sie gebar noch nicht den Größten.
Und die Engel, die nicht trösten,

새해와 함께 싹을 틔우도록 하였습니다.
헌신적인 마리아의 삶은
엄청나고 놀라운 것이었습니다.
축제의 종소리처럼 집집마다
그녀의 삶의 이야기가 울려 퍼졌습니다.
그리하여 지난날 소녀처럼 가슴 설레던
그 여인은 자기 품속에 잠겨
그 위대한 하나로 충만해져
수천을 이루기에 충분했습니다.
모든 것이 그녀를 비추는 듯 보였습니다,
포도밭처럼 열매를 맺은 그 여인을.[52]

그러나 과일이 달린 가지의 무게와
기둥과 아치형 복도의 쇠락
그리고 찬송가의 종말에
짓눌린 듯
어떤 때에는
위대한 자를 아직 낳지 못한 것처럼
마리아는 다가오는 진통을 바라서
그리로 몸을 돌렸습니다.

소리 없이 풀린 그녀의 손은
텅 비어 있습니다.
아아, 그녀는 아직 위대한 자를 낳지 못했습니다.[53]
천사들은 어떻게 위로해야 할지 몰라

stehen fremd und furchtbar um sie her.

So hat man sie gemalt; vor allem Einer,
der seine Sehnsucht aus der Sonne trug.
Ihm reifte sie aus allen Rätseln reiner,
aber im Leiden immer allgemeiner:
sein ganzes Leben war er wie ein Weiner,
dem sich das Weinen in die Hände schlug.

Er ist der schönste Schleier ihrer Schmerzen,
der sich an ihre wehen Lippen schmiegt,
sich über ihnen fast zum Lächeln biegt —
und von dem Licht aus sieben Engelskerzen
wird sein Geheimnis nicht besiegt.

Mit einem Ast, der jenem niemals glich,
wird Gott, der Baum, auch einmal sommerlich
verkündend werden und aus Reife rauschen;
in einem Lande, wo die Menschen lauschen,
wo jeder ähnlich einsam ist wie ich.

Denn nur dem Einsamen wird offenbart,
und vielen Einsamen der gleichen Art
wird mehr gegeben als dem schmalen Einen.

어색해하며 겁에 질린 채 그녀를 둘러싸고 서 있습니다.

이렇게 사람들은 그녀를 그렸습니다. 누구보다도
태양 같은 그리움을 품은 한 사람이 말입니다.[54]
그에게서 마리아는 온갖 수수께끼로 순수하게
익어 갔습니다, 또 고통 속에 더욱 진실해졌습니다.
평생토록 그는 눈물의 화가였습니다,
그의 울음은 그의 손끝에서 홀쩍였던 것입니다.

그는 그녀의 고통을 가려 준 가장 훌륭한 베일,
아픔에 젖은 그녀의 입술을 감싸 주고 덮어 주어
거의 미소 짓는 듯이 해 준 베일이었습니다.
그리고 일곱 천사의 촛불[55] 아래에서도
그 미소의 비밀은 드러나지 않습니다.[56]

예전과는 사뭇 다른 나뭇가지로
나무 신은 언젠가 여름을 알리며
성숙의 소리로 속삭일 것입니다.
귀담아듣는 사람들이 사는 곳,
모두 나처럼 고독한 어느 땅에선가.[57]

고독한 사람[58]에게만 계시가 있을 테니까요,
단 한 명의 고독한 사람보다는
다 같이 고독한 많은 사람에게 더 많이.[59]

Denn jedem wird ein andrer Gott erscheinen,

bis sie erkennen, nah am Weinen,

daß durch ihr meilenweites Meinen,

durch ihr Vernehmen und Verneinen

verschieden nur in hundert Seinen

ein Gott wie eine Welle geht.

Das ist das endlichste Gebet,

das dann die Sehenden sich sagen:

Die Wurzel Gott hat Frucht getragen,

geht hin, die Glocken zu zerschlagen;

wir kommen zu den stillern Tagen,

in denen reif die Stunde steht.

Die Wurzel Gott hat Frucht getragen.

Seid ernst und seht.

Ich kann nicht glauben, daß der kleine Tod,

dem wir doch täglich übern Scheitel schauen,

uns eine Sorge bleibt und eine Not.

Ich kann nicht glauben, daß er ernsthaft droht;

ich lebe noch, ich habe Zeit zu bauen:

mein Blut ist länger als die Rosen rot.

Mein Sinn ist tiefer als das witzige Spiel

모두 울음이 터질 지경이 되어,
저희 사이의 머나먼 생각과
시인(是認)과 부정을 넘고 넘어
단지 마음이 수백으로 나뉜다 해도
하나의 신이 물결처럼 지나감을 알 때까지는
사람마다 다른 신이 나타날 테니까요.

이것은 가장 궁극의 기도,
견자들이 나눌 말은 이러할 것입니다:
뿌리 신이 열매를 맺었나니,
어서 가서 종을 세차게 울려라.
우리는 시간이 무르익은
아주 조용한 시절을 맞으리라.
뿌리 신은 열매를 맺었다.
너희는 진지한 마음으로 보아라.[60]

나는 믿을 수 없습니다, 우리가 날마다
그 정수리를 빤히 내려다보는 작은 죽음이
우리에게 걱정거리, 고통이 된다는 것을.

나는 믿을 수 없습니다, 죽음이 실제 위협한다고는.
나는 아직 살아 있고, 무언가 지을 시간이 있습니다.
나의 피는 장미꽃보다 더 오래 붉을 터이니까요.

죽음이 우리의 공포를 갖고 노는 짓궂은 장난,

mit unsrer Furcht, darin er sich gefällt.

Ich bin die Welt,

aus der er irrend fiel.

Wie er

kreisende Mönche wandern so umher;

man fürchtet sich vor ihrer Wiederkehr,

man weiß nicht: ist es jedesmal derselbe,

sinds zwei, sinds zehn, sinds tausend oder mehr?

Man kennt nur diese fremde gelbe Hand,

die sich ausstreckt so nackt und nah —

da da:

als käm sie aus dem eigenen Gewand.

Was wirst du tun, Gott, wenn ich sterbe?

Ich bin dein Krug (wenn ich zerscherbe?)

Ich bin dein Trank (wenn ich verderbe?)

Bin dein Gewand und dein Gewerbe,

mit mir verlierst du deinen Sinn.

Nach mir hast du kein Haus, darin

dich Worte, nah und warm, begrüßen.

Es fällt von deinen müden Füßen

die Samtsandale, die ich bin.

그것보다 나의 마음은 더 깊습니다.
나는 세계입니다, 죽음은
나의 세계에서 헤매다 떨어져 나갔습니다.

　　　　죽음과 마찬가지로
순례하는 수도사들도 이리저리 떠돕니다.
사람들은 이들이 되돌아올까 두려워합니다.
하지만 그들이 매번 똑같은 자들인지 알지 못합니다.
둘인지, 열인지, 천인지 아니면 그 이상인지?
우리는 오로지 맨살로 뻗쳐 다가오는
누런 그 손만을 알 뿐입니다.
여기, 여기:
자기 옷에서 빠져나온 듯한 그 손을.[61]

신이여, 내가 죽으면 어떻게 하시렵니까?
나는 당신의 항아리인데 (내가 깨진다면?)
나는 당신의 음료인데 (내가 상한다면?)
나는 당신의 의복이요 밥벌이입니다,
나와 함께 당신은 당신의 의미를 잃습니다.

내가 죽고 나면 당신을 다정하고
따뜻한 말로 맞아 줄 집 하나 없습니다.
당신의 지친 발에서 샌들이 떨어집니다,
그 샌들은 바로 나입니다.

Dein großer Mantel läßt dich los.

Dein Blick, den ich mit meiner Wange

warm, wie mit einem Pfühl, empfange,

wird kommen, wird mich suchen, lange —

und legt beim Sonnenuntergange

sich fremden Steinen in den Schoß.

Was wirst du tun, Gott? Ich bin bange.

Du bist der raunende Verrußte,

auf allen Öfen schläfst du breit.

Das Wissen ist nur in der Zeit.

Du bist der dunkle Unbewußte

von Ewigkeit zu Ewigkeit.

Du bist der Bittende und Bange,

der aller Dinge Sinn beschwert.

Du bist die Silbe im Gesange,

die immer zitternder im Zwange

der starken Stimmen wiederkehrt.

Du hast dich anders nie gelehrt:

Denn du bist nicht der Schönumscharte,

um welchen sich der Reichtum reiht.

당신의 큰 외투가 당신을 놓아줍니다.
베개로 하듯 내가 뺨으로 따뜻하게
맞아 주는 당신의 눈길은
하염없이 나를 찾을 것입니다,
그리고 해가 떨어지면
낯선 돌들의 품에 몸을 누일 것입니다.

신이여, 어찌하시렵니까? 나 두렵습니다.[62]

당신은 소곤대는 검게 그을린 자,[63]
당신은 모든 화덕 위에서 편히 잡니다.[64]
앎이란 시간 속에 존재하는 일일 뿐.
당신은 영원에서 영원으로 흐르는
어두운 미지의 존재입니다.

당신은 호소하고 두려워하는 이,
모든 것에 의미의 짐을 지웁니다.
당신은 노래 속의 음절,
강한 목소리들의 제약 속에서도
늘 떨면서 되돌아오는 음절입니다.

당신은 스스로 달리 배우지 않았습니다:

당신은 호화로움에 둘러싸인
멋지게 치장한 자가 아니니까요.

Du bist der Schlichte, welcher sparte.
Du bist der Bauer mit dem Barte
von Ewigkeit zu Ewigkeit.

An den jungen Bruder

Du, gestern Knabe, dem die Wirrnis kam:
daß sich dein Blut in Blindheit nicht vergeude.
Du meinst nicht den Genuß, du meinst die Freude;
du bist gebildet als ein Bräutigam,
und deine Braut soll werden: deine Scham.

Die große Lust hat auch nach dir Verlangen,
und alle Arme sind auf einmal nackt.
Auf frommen Bildern sind die bleichen Wangen
von fremden Feuern überflackt;
und deine Sinne sind wie viele Schlangen,
die, von des Tones Rot umfangen,
sich spannen in der Tamburine Takt.

Und plötzlich bist du ganz allein gelassen
mit deinen Händen, die dich hassen —
und wenn dein Wille nicht ein Wunder tut:

- -

Aber da gehen wie durch dunkle Gassen

당신은 아낄 줄 아는 소박한 존재입니다.
당신은 영원에서 영원으로 가는
턱수염 난 농부입니다.[65]

젊은 형제 수도사에게[66]

그대, 어제만 해도 마음 어지럽던 소년이여,
그대의 피가 무분별하게 소모되지 않기를.
그대가 찾는 것은 쾌락이 아니라 기쁨이지요.
이제 그대는 어엿한 신랑이 되었으니,
그대의 신부는 바로 그대의 수치심[67]이지요.

커다란 욕망이 또 그대를 원해
모든 팔이 갑자기 맨살이 되었지요.
경건한 그림들 속의 창백한 뺨들이
낯선 불길에 휩싸여 번쩍이네요.
그리고 그대의 감각은 마치 소리의 붉은빛에 휩싸여
탬버린의 박자에 맞추어
몸을 트는 뱀들과 같군요.

그러다 돌연 그대는 완전히 홀로 남겨지네요,
그대를 혐오하는 그대의 두 손과 함께.
그대의 의지가 기적을 행하지 않을 때면:

그러나 저기 마치 어두운 골목길을 가듯

von Gott Gerüchte durch dein dunkles Blut.

An den jungen Bruder

Dann bete du, wie es dich dieser lehrt,

der selber aus der Wirrnis wiederkehrt

und so, daß er zu heiligen Gestalten,

die alle ihres Wesens Würde halten,

in einer Kirche und auf goldnen Smalten

die Schönheit malte, und sie hielt ein Schwert.

Er lehrt dich sagen:

      Du mein tiefer Sinn,

vertraue mir, daß ich dich nicht enttäusche;

in meinem Blute sind so viel Geräusche,

ich aber weiß, daß ich aus Sehnsucht bin.

Ein großer Ernst bricht über mich herein.

In seinem Schatten ist das Leben kühl.

Ich bin zum erstenmal mit dir allein,

du, mein Gefühl.

Du bist so mädchenhaft.

Es war ein Weib in meiner Nachbarschaft

und winkte mir aus welkenden Gewändern.

신의 소문이 그대의 어두운 핏속을 가네요.

젊은 형제 수도사에게[68]

이제 기도하게, 내가 일러 주는 대로,
나 역시 뒤숭숭한 마음을 뒤로하고 돌아와
모두 자신에게 맞게 품위를 지키고 있는
성자들에게 어울리도록
어느 교회의 황금 감청 유리에 아름다움을
그린 적이 있네, 아름다움은 칼을 들었네.

나를 따라 이렇게 기도하게:
　　　　　너 나의 깊은 감각이여,
내가 너를 실망시키지 않음을 믿어라,
내 핏속에는 수많은 소음이 들끓지만,
나 자신 그리움으로 가득함을 안다.

위대한 엄숙함이 나에게 몰려온다.
그 그늘 속에의 삶은 서늘할 수밖에.
난생처음으로 나 너와 단둘이 있다,
너, 나의 감정이여.
너는 소녀처럼 수줍음을 타는구나.

내 이웃엔 한 여인이 있었어,
낡은 옷차림으로 내게 미소를 지었다.

Du aber sprichst mir von so fernen Ländern.

Und meine Kraft

schaut nach den Hügelrändern.

Ich habe Hymnen, die ich schweige.

Es giebt ein Aufgerichtetsein,

darin ich meine Sinne neige:

du siehst mich groß, und ich bin klein.

Du kannst mich dunkel unterscheiden

von jenen Dingen, welche knien;

sie sind wie Herden, und sie weiden,

ich bin der Hirt am Hang der Heiden,

vor welchem sie zu Abend ziehn.

Dann komm ich hinter ihnen her

und höre dumpf die dunklen Brücken,

und in dem Rauch von ihren Rücken

verbirgt sich meine Wiederkehr.

Gott, wie begreif ich deine Stunde,

als du, daß sie im Raum sich runde,

die Stimme vor dich hingestellt;

dir war das Nichts wie eine Wunde,

da kühltest du sie mit der Welt.

그러나 너는 아주 먼 땅에 대해 말하고,
나의 힘은
하염없이 언덕을 바라본다.

내게는 부르지 않는 찬가가 있습니다.[69]
솟아오르는 마음이 있어,
내 감각은 그리로 기웁니다.
당신은 나를 크게 보지만 나는 작습니다.
당신은 무릎 꿇은 사물들과 나 사이를
구별하기 힘들 것입니다.
사물들은 풀을 뜯는 가축 떼와 같습니다.
나는 황야의 언덕을 지키는 목동입니다.
내 앞에서 가축 떼는 저녁을 향해 갑니다.
그러면 나는 이들 뒤에 서서 걸어갑니다,
어둠에 묻힌 다리가 쿵쿵 울리는 소리가 들립니다,
그리고 그들의 등 뒤로 피어나는 김 속에는
나의 귀환이 숨어 있습니다.

신이여, 당신의 시간이 공간 속에서 완성되도록
당신이 목소리를 당신 앞에 내세웠던[70]
그때를 나 어떻게 이해할 수 있을까요?
당신에게 무(無)는 상처와 같았습니다.
그때 당신은 이 세상으로 상처를 진정시켰습니다.

Jetzt heilt es leise unter uns.

Denn die Vergangenheiten tranken
die vielen Fieber aus dem Kranken,
wir fühlen schon in sanftem Schwanken
den ruhigen Puls des Hintergrunds.

Wir liegen lindernd auf dem Nichts,
und wir verhüllen alle Risse;
du aber wächst ins Ungewisse
im Schatten deines Angesichts.

Alle, die ihre Hände regen
nicht in der Zeit, der armen Stadt,
alle, die sie an Leises legen,
an eine Stelle, fern den Wegen,
die kaum noch einen Namen hat, ——
sprechen dich aus, du Alltagssegen,
und sagen sanft auf einem Blatt:

Es giebt im Grunde nur Gebete,
so sind die Hände uns geweiht,
daß sie nichts schufen, was nicht flehte;
ob einer malte oder mähte,
schon aus dem Ringen der Geräte

이제 상처가 우리 틈에서 점차 아물고 있습니다.

지나온 과거가 환자의 펄펄 끓는
열을 마셔 버렸으니까요.
우리는 조용한 흔들림 속에서 이미
배경에서 뛰는 조용한 맥박을 느낍니다.

우리는 무 위에 누워 상처를 안정시키며
지금까지 생긴 모든 틈새를 감춥니다.
그러나 당신은 당신 얼굴이 던지는
그림자 속에서 무한을 향해 자라납니다.[71]

시간 속이나 가련한 도시에서는[72]
손을 움직이지 않는 모든 이,
손을 조용한 것에 얹는 모든 이,
이들은 세상의 길에서 멀리 떨어져
이름도 없는 어딘가에 이르러
당신을 말하고, 당신 매일의 축복이여,
종이 위에 이렇게 부드럽게 말합니다:

오로지 기도밖에는 없습니다,
애원한 것만을 창조하도록
우리에게 손이 주어졌습니다.
그림을 그리든 풀을 베든
기구들을 잘 다루는 데서

entfaltete sich Frömmigkeit.

Die Zeit ist eine vielgestalte.
Wir hören manchmal von der Zeit
und tun das Ewige und Alte;
wir wissen, daß uns Gott umwallte
groß wie ein Bart und wie ein Kleid.
Wir sind wie Adern im Basalte
in Gottes harter Herrlichkeit.

Der Name ist uns wie ein Licht
hart an die Stirn gestellt.
Da senkte sich mein Angesicht
vor diesem zeitigen Gericht
und sah (von dem es seither spricht)
dich, großes dunkelndes Gewicht
an mir und an der Welt.

Du bogst mich langsam aus der Zeit,
in die ich schwankend stieg;
ich neigte mich nach leisem Streit:
jetzt dauert deine Dunkelheit
um deinen sanften Sieg.

Jetzt hast du mich und weißt nicht wen,

우리는 믿음을 나타냅니다.

시간은 여러 가지 모습을 보입니다.
우리는 때로 시간의 소문을 들으며
영원한 것과 오래된 것을 행합니다.
우리는 신이 마치 수염이나 의복처럼
우리를 크게 감싸고 있음을 압니다.
우리는 현무암 속의 광맥처럼
신의 단단한 영광 속에 있습니다.

이름은 우리의 이마에
빛처럼 단단히 박혀 있습니다.
지금 때맞은 이 심판 앞에
나의 얼굴은 저절로 떨구어졌습니다.
그리고 (오래전부터 전해져 온)
당신이, 그 위대하고 어두운 무게가
나와 세계를 덮치고 있음을 보았습니다.

당신은 내가 흔들리며 겨우 기어오른
시간에서 나를 끌어내 천천히 구부렸습니다.
조용한 싸움 끝에 나는 머리를 조아렸고
이제 당신의 온화한 승리를
에워싸고 당신의 어둠이 계속됩니다.

이제 당신은 나를 품고 있으나 누군지 모릅니다.

denn deine breiten Sinne sehn

nur, daß ich dunkel ward.

Du hältst mich seltsam zart

und horchst, wie meine Hände gehn

durch deinen alten Bart.

Dein allererstes Wort war: *Licht*:

da ward die Zeit. Dann schwiegst du lange.

Dein zweites Wort ward Mensch und bange

(wir dunkeln noch in seinem Klange),

und wieder sinnt dein Angesicht.

Ich aber will dein drittes nicht.

Ich bete nachts oft: Sei der Stumme,

der wachsend in Gebärden bleibt

und den der Geist im Traume treibt,

daß er des Schweigens schwere Summe

in Stirnen und Gebirge schreibt.

Sei du die Zuflucht vor dem Zorne,

der das Unsagbare verstieß.

Es wurde Nacht im Paradies:

sei du der Hüter mit dem Horne,

und man erzählt nur, daß er blies.

당신의 드넓은 감각은 내가 어둠에
물들어 있음만 알 뿐입니다.
당신은 나를 더없이 포근히 감싸고
나의 두 손이 당신의 늙은 수염을
헤집는 소리에 귀 기울입니다.[73]

당신이 태초에 말한 첫마디는 빛이었습니다.
그리고 시간이 흘렀습니다. 당신은 오래 침묵했습니다.
당신의 두 번째 말은 인간이었고 두려웠습니다.
(그 말의 울림에 우리는 지금도 마음이 어두워집니다.)
그리고 다시 당신의 얼굴은 생각에 잠겨 있습니다.

그러나 나는 당신의 세 번째 말을 원치 않습니다.

밤이면 밤마다 나는 기도합니다, 신이여, 몸짓으로만
커 가는 침묵의 존재로 남아 주소서.
꿈속의 정신이 독려하여 침묵의 무거운 총합을
이마와 산에다 새겨 놓는
침묵의 존재로 남아 주소서.

신이여, 말할 수 없는 것[74]은 뿌리쳐 버리는
분노로부터 우리를 보호하는 피난처가 되어 주소서.
천국엔 밤이 되었습니다.
뿔피리를 손에 든 목자가 되어 주소서,
당신이 뿔피리를 불었다는 소문만 있을 것입니다.[75]

Du kommst und gehst. Die Türen fallen
viel sanfter zu, fast ohne Wehn.
Du bist der Leiseste von Allen,
die durch die leisen Häuser gehn.

Man kann sich so an dich gewöhnen,
daß man nicht aus dem Buche schaut,
wenn seine Bilder sich verschönen,
von deinem Schatten überblaut;
weil dich die Dinge immer tönen,
nur einmal leis und einmal laut.

Oft wenn ich dich in Sinnen sehe,
verteilt sich deine Allgestalt:
du gehst wie lauter lichte Rehe
und ich bin dunkel und bin Wald.

Du bist ein Rad, an dem ich stehe:
von deinen vielen dunklen Achsen
wird immer wieder eine schwer
und dreht sich näher zu mir her,

und meine willigen Werke wachsen
von Wiederkehr zu Wiederkehr.

당신은 왔다 갑니다. 바람결 하나 없이
문들은 한없이 조용히 닫힙니다.
당신은 적막한 집들 사이로 지나가는
모든 이 중 가장 조용한 이입니다.

우리는 당신과 너무나 친숙하기에
당신의 그림자가 파랗게 드리워져
책의 그림들이 아름다워질 때면
그 책에서 눈을 떼지 못합니다.
사물들은 늘 당신의 소리를 내니까요,
한 번은 나직이, 한 번은 크게.

내가 생각에 깊이 잠겨 당신을 볼 때마다
당신의 온전한 모습은 여럿으로 나뉩니다.
당신은 밝은 노루처럼 지나가고
나는 어두워 가는 숲이 됩니다.

당신은 내가 서 있는 수레바퀴,
당신의 수많은 검은 차축 중에서
언제나 하나가 무거워져
내게 더욱 가까이 굴러옵니다.

그러면 내 뜻에 따르는 작품들은
되풀이될 때마다 성장해 갑니다.

Du bist der Tiefste, welcher ragte,
der Taucher und der Türme Neid.
Du bist der Sanfte, der sich sagte,
und doch: wenn dich ein Feiger fragte,
so schwelgtest du in Schweigsamkeit.

Du bist der Wald der Widersprüche.
Ich darf dich wiegen wie ein Kind,
und doch vollziehn sich deine Flüche,
die über Völkern furchtbar sind.

Dir ward das erste Buch geschrieben,
das erste Bild versuchte dich,
du warst im Leiden und im Lieben,
dein Ernst war wie aus Erz getrieben
auf jeder Stirn, die mit den sieben
erfüllten Tagen dich verglich.

Du gingst in Tausenden verloren,
und alle Opfer wurden kalt;
bis du in hohen Kirchenchoren
dich rührtest hinter goldnen Toren;
und eine Bangnis, die geboren,
umgürtete dich mit Gestalt.

당신은 가장 깊은 자, 우뚝 솟기도 했으니,
당신은 잠수부요 탑들의 부러움입니다.
당신은 속으로 말하는 조용한 이입니다.
어느 겁쟁이가 당신의 존재를 물었을 때
당신은 침묵 속으로 빠져들었습니다.

당신은 모순의 숲입니다.
나는 당신을 아이처럼 달랠 수 있지만,
당신의 저주는 여러 민족에게
두려움을 몰고 오기도 합니다.

당신을 위해 첫 번째 책이 쓰였고,
첫 번째 그림이 당신을 시험했습니다.
당신은 고통받고 사랑받았습니다.
당신의 진지함은 마치 쇠로 새긴 듯
당신을 일곱의 성취된 날[76]에 비유한
이들의 이마마다 적혀 있었습니다.

당신은 수천의 군중 사이를 빠져나갔고,
모든 제물을 손대지 않은 채 남겨 두었습니다.
그러나 나중에 당신은 교회의 합창단 단상
황금의 문 뒤편에서 하늘 높이 떠올랐고,
그리고 우리들의 타고난 두려움이
당신의 허리에 형상을 둘러 주었습니다.[77]

Ich weiß: Du bist der Rätselhafte,
um den die Zeit in Zögern stand.
O wie so schön ich dich erschaffte
in einer Stunde, die mich straffte,
in einer Hoffart meiner Hand.

Ich zeichnete viel ziere Risse,
behorchte alle Hindernisse, —
dann wurden mir die Pläne krank:
es wirrten sich wie Dorngerank
die Linien und die Ovale,
bis tief in mir mit einem Male
aus einem Griff ins Ungewisse
die frommste aller Formen sprang.

Ich kann mein Werk nicht überschaun
und fühle doch: es steht vollendet.
Aber, die Augen abgewendet,
will ich es immer wieder baun.

So ist mein Tagwerk, über dem
mein Schatten liegt wie eine Schale.
Und bin ich auch wie Laub und Lehm,
sooft ich bete oder male,
ist Sonntag, und ich bin im Tale

나는 압니다, 당신이 수수께끼임을,
당신을 둘러싼 시간마저 주저하였습니다.
온몸이 긴장으로 조여 오는 시간에
나의 손의 이 오만함으로
당신을 얼마나 아름답게 창조했던가요.[78]

나는 섬세하게 초안[79]을 그리고
장애물[80]을 조심하였습니다, ―
그러다 내 계획이 병들었습니다.
선과 여러 타원형[81]이
가시덩굴처럼 마구 뒤엉켰습니다,
그러던 중 알 수 없는 솜씨로
내 깊은 내면에서 불현듯
가장 경건한 모양새가 튀어나왔습니다.

나는 나의 작품을 굽어볼 수가 없습니다.
그렇지만 작품이 완성되었다고 느낍니다.
그래도 눈을 돌려 애써 외면하고
언제나 다시 작품을 만들렵니다.[82]

나의 일과는 이렇게 끝나고, 그 위로
나의 그림자가 껍질처럼 드리워집니다.
비록 내가 나뭇잎과 흙처럼 미천할지라도,
기도하거나 그림을 그릴 때마다
언제나 일요일이며, 나는 골짜기의

ein jubelndes Jerusalem.

Ich bin die stolze Stadt des Herrn

und sage ihn mit hundert Zungen;

in mir ist Davids Dank verklungen:

ich lag in Harfendämmerungen

und atmete den Abendstern.

Nach Aufgang gehen meine Gassen.

Und bin ich lang vom Volk verlassen,

so ists: damit ich größer bin.

Ich höre jeden in mir schreiten

und breite meine Einsamkeiten

von Anbeginn zu Anbeginn.

Ihr vielen unbestürmten Städte,

habt ihr euch nie den Feind ersehnt?

O daß er euch belagert hätte

ein langes schwankendes Jahrzehnt.

Bis ihr ihn trostlos und in Trauern,

bis daß ihr hungernd ihn ertrugt;

er liegt wie Landschaft vor den Mauern,

denn also weiß er auszudauern

um jene, die er heimgesucht.

환호하는 예루살렘[83]입니다.

나는 주의 자랑스러운 도시,
나는 수백의 혀로 주를 말합니다,
내 안에서는 다윗의 감사[84]가 울려 퍼졌습니다.
나는 하프 소리 울리는 황혼 속에 누워
저녁별을 호흡했습니다.

나의 골목들은 새벽을 향해 걷고 걷습니다.
나는 오랫동안 백성에게 버림을 받았습니다,
내가 더 성장하기를 바랐기 때문이겠지요,
나는 내 안에서 외치는 목소리를 듣고
맨 처음으로 돌아가
나의 고독을 펼칩니다.[85]

너희 습격당하지 않은 많은 도시들아,
너희는 적[86]을 열망한 적이 한 번도 없는가?
아, 요동치는 긴 세월 동안 그가
너희를 포위했더라면!

너희가 절망과 슬픔에 잠긴 채
굶주리며 그를 견디어 내는 동안
그는 성벽 앞에 풍경처럼 누워 있다.
자신이 습격하려는 상대보다
잘 참아 내는 법을 알기 때문이다.

Schaut aus vom Rande eurer Dächer:

da lagert er und wird nicht matt

und wird nicht weniger und schwächer

und schickt nicht Droher und Versprecher

und Überreder in die Stadt.

Er ist der große Mauerbrecher,

der eine stumme Arbeit hat.

Ich komme aus meinen Schwingen heim,

mit denen ich mich verlor.

Ich war Gesang, und Gott, der Reim,

rauscht noch in meinem Ohr.

Ich werde wieder still und schlicht,

und meine Stimme steht;

es senkte sich mein Angesicht

zu besserem Gebet.

Den andern war ich wie ein Wind,

da ich sie rüttelnd rief.

Weit war ich, wo die Engel sind,

hoch, wo das Licht in Nichts zerrinnt —

Gott aber dunkelt tief.

너희의 지붕 꼭대기에 올라가서 보라,
저편에 그는 진을 치고서 지치지도
왜소해지지도 약해지지도 않으며
협박자와 약속을 전하는 이와 설득가를
도시 안으로 보내지도 않는다.[87]

그는 성벽을 부수는 자,
묵묵히 일할 뿐이다.[88]

이제 나는 방황하던 나의
날갯짓에서 되돌아옵니다.
나는 노래였고, 신은 운(韻)이었죠,
아직도 그 울림이 귀에 쟁쟁합니다.

나 다시 침묵하며 소박해지렵니다.
나의 목소리는 가만히 서 있고,
더 훌륭한 기도를 위해
나는 얼굴을 떨구었습니다.
다른 이들에게 나는 바람과 같았습니다,
내가 그들을 흔들며 불렀기 때문입니다.
천사들이 있는 곳, 빛이 무(無)로 부서져
사라지는 높은 곳에 가 있었습니다.
하지만 신은 깊은 곳에서 어두워져 갑니다.

Die Engel sind das letzte Wehn
an seines Wipfels Saum;
daß sie aus seinen Ästen gehn,
ist ihnen wie ein Traum.
Sie glauben dort dem Lichte mehr
als Gottes schwarzer Kraft,
es flüchtete sich Lucifer
in ihre Nachbarschaft.

Er ist der Fürst im Land des Lichts,
und seine Stirne steht
so steil am großen Glanz des Nichts,
daß er, versengten Angesichts,
nach Finsternissen fleht.
Er ist der helle Gott der Zeit,
zu dem sie laut erwacht,
und weil er oft in Schmerzen schreit
und oft in Schmerzen lacht,
glaubt sie an seine Seligkeit
und hangt an seiner Macht.

Die Zeit ist wie ein welker Rand
an einem Buchenblatt.
Sie ist das glänzende Gewand,
das Gott verworfen hat,
als Er, der immer Tiefe war,

천사들은 신의 우듬지 자락을 스치는
마지막 바람결입니다.
신의 가지에서 떠나는 것은
이들에게는 꿈과 같습니다.
그 높은 곳에서 그들은
신의 검은 힘보다 빛을 더 믿습니다.
그들 곁으로
루시퍼[89]는 도망쳤습니다.

그는 빛의 나라 군주,[90]
그의 이마는 무(無)의 커다란
광채 앞에 너무나 가파르게 서 있어,
그는 까맣게 탄 얼굴로
어둠을 애타게 찾습니다.
그는 시간의 밝은 신,
그를 맞아 시간은 소리치며 깨어납니다,
또 그는 고통 속에서 울부짖기도 하고
고통 속에서 웃기도 해서
시간은 그의 축복을 믿고
그의 힘을 사랑합니다.

시간은 시들어 가는
너도밤나무 잎의 가장자리.
시간은 신이 벗어 버린
번쩍이는 의복입니다,
깊은 곳이 늘 고향이던 신은

ermüdete des Flugs
und sich verbarg vor jedem Jahr,
bis ihm sein wurzelhaftes Haar
durch alle Dinge wuchs.

Du wirst nur mit der Tat erfaßt,
mit Händen nur erhellt;
ein jeder Sinn ist nur ein Gast
und sehnt sich aus der Welt.

Ersonnen ist ein jeder Sinn,
man fühlt den feinen Saum darin
und daß ihn einer spann:
Du aber kommst und giebst dich hin
und fällst den Flüchtling an.

Ich will nicht wissen, wo du bist,
sprich mir aus überall.
Dein williger Euangelist
verzeichnet alles und vergißt
zu schauen nach dem Schall.

Ich geh doch immer auf dich zu
mit meinem ganzen Gehn;
denn wer bin ich und wer bist du,

나는 데 지쳐,
모든 해(年)로부터 자신을 숨기고
뿌리 같은 그의 머리카락이
만물을 뚫고 자랄 때까지 기다렸지요.[91]

당신은 행동으로만 파악되고,
두 손에 의해서만 밝혀집니다.
모든 마음은 손님일 뿐이며
세상에서 나가길 간절히 바랍니다.[92]

모든 마음은 꾸며 낸 것일 뿐입니다.
우리는 마음의 미세한 솔기를 느낍니다,
우리가 짜서 만든 것이니까요.
당신은 다가와 헌신하고,[93]
도망치는 자[94]를 벌합니다.

당신이 어디 있는지 알고 싶지 않습니다.
어디서건 내게 말하소서.
당신의 충실한 복음사가는
모든 것을 기록할 뿐 소리 나는 곳[95]을
굳이 쳐다보는 일은 생각지 않습니다.

하지만 나의 발이 닿는 곳이면 어디건
나는 줄곧 당신을 향해 나아가겠습니다.
우리가 서로 이해하지 못한다면

wenn wir uns nicht verstehn?

Mein Leben hat das gleiche Kleid und Haar
wie aller alten Zaren Sterbestunde.
Die Macht entfremdete nur meinem Munde,
doch meine Reiche, die ich schweigend runde,
versammeln sich in meinem Hintergrunde
und meine Sinne sind noch Gossudar.

Für sie ist beten immer noch: Erbauen,
aus allen Maßen bauen, daß das Grauen
fast wie die Größe wird und schön, —
und: jedes Hinknien und Vertrauen
(daß es die andern nicht beschauen)
mit vielen goldenen und blauen
und bunten Kuppeln überhöhn.

Denn was sind Kirchen und sind Klöster
in ihrem Steigen und Erstehn
als Harfen, tönende Vertröster,
durch die die Hände Halberlöster
vor Königen und Jungfraun gehn.

Und Gott befiehlt mir, daß ich schriebe:

나는 누구고 당신은 누구인가요?[96]

나의 삶은 늙은 차르가 임종할 때와
똑같은 옷과 머리칼을 갖고 있습니다.[97]
권력은 단지 나의 입으로부터만 멀어졌을 뿐,
침묵으로 마무리하는 나의 왕국은
나의 은밀한 깊은 곳에 모여 있고,
나의 감각은 여전히 고수다르[98]입니다.

왕국을 위해 언제나 기도합니다. 짓는 것,
전력을 다해서 짓는 것입니다. 그러면 공포도
거의 위대함으로 변하고 아름다워집니다.
그리고 무릎 꿇는 자세와 신뢰하는 마음
모두를 (다른 사람들이 보지 못하도록)
수많은 황금빛과 푸른빛 그리고
화려한 돔으로 덮는 것입니다.

도대체 높이 올라가고 소생하는
교회와 수도원들은
왕과 처녀들 앞에서
반쯤 구원된 자의 손이 켜는
소리 나는 위로자 하프[99]가 아니고 무엇입니까.[100]

그리고 신은 내게 쓰라고 명합니다:[101]

Den Königen sei Grausamkeit.

Sie ist der Engel vor der Liebe,

und ohne diesen Bogen bliebe

mir keine Brücke in die Zeit.

Und Gott befiehlt mir, daß ich male:

Die Zeit ist mir mein tiefstes Weh,

so legte ich in ihre Schale:

das wache Weib, die Wundenmale,

den reichen Tod (daß er sie zahle),

der Städte bange Bacchanale,

den Wahnsinn und die Könige.

Und Gott befiehlt mir, daß ich baue:

Denn König bin ich von der Zeit.

Dir aber bin ich nur der graue

Mitwisser deiner Einsamkeit.

Und bin das Auge mit der Braue...

Das über meine Schulter schaue

von Ewigkeit zu Ewigkeit.

왕들에게 잔혹함이 있으라.
잔혹함은 사랑 앞에 선 천사이니,
이 활이 없으면 나에게는
시간으로 들어가는 다리가 없도다.

그리고 신은 내게 그리라고 명합니다:

시간은 나에게 깊고 깊은 아픔이라,
시간의 쟁반 위에 나는 올려놓았노라,
깨어 있는 여인과 성혼과
풍요로운 죽음(시간을 보상하도록)과
도시들의 무서운 광란의 밤과
광기와 왕들을.[102]

그리고 신은 내게 지으라고 명합니다:

나는 시간의 왕이로다.
하지만 너에겐 나는 네 고독의
회색 동반자에 불과할 뿐이며
그리고 눈썹 달린 눈이로다……

그 눈이 내 어깨 너머로
영원에서 영원까지 지켜봅니다.[103]

Es tauchten tausend Theologen
in deines Namens alte Nacht.
Jungfrauen sind zu dir erwacht,
und Jünglinge in Silber zogen
und schimmerten in dir, du Schlacht.

In deinen langen Bogengängen
begegneten die Dichter sich
und waren Könige von Klängen
und mild und tief und meisterlich.

Du bist die sanfte Abendstunde,
die alle Dichter ähnlich macht;
du drängst dich dunkel in die Munde,
und im Gefühl von einem Funde
umgiebt ein jeder dich mit Pracht.

Dich heben hunderttausend Harfen
wie Schwingen aus der Schweigsamkeit.
Und deine alten Winde warfen
zu allen Dingen und Bedarfen
den Hauch von deiner Herrlichkeit.

Die Dichter haben dich verstreut
(es ging ein Sturm durch alles Stammeln),

당신의 이름의 오래된 밤 속으로
수천의 신학자들이 뛰어들었습니다.
처녀들은 당신을 향해 눈을 떴으며,
청년들은 은빛 갑옷을 입고 출정하여
당신 안에서 빛났습니다, 당신 전투여.

당신의 긴 아치형 복도에서
시인들은 서로 마주쳤습니다.
그들은 음향의 제왕이었으며
온화하고 심오하고 탁월했습니다.

당신은 모든 시인을 똑같게 해 주는
아늑한 저녁 시간입니다.
당신은 이들의 입술에 슬며시 스며들고,
시인들은 각자 발견의 기쁨을 맛보며
당신을 화려한 말로 감쌉니다.

수십만의 하프가 울리며 날개처럼
당신을 침묵에서 들어 올립니다.
당신의 오래된 바람은 지난날
이 세상의 만물과 필요한 것에
영광의 숨결을 쏟아부었습니다.[104]

시인들은 당신을 흩뿌렸습니다.
(폭풍이 그들의 더듬거림 속을 휘저었습니다),

ich aber will dich wieder sammeln
in dem Gefäß, das dich erfreut.

Ich wanderte in vielem Winde;
da triebst du tausendmal darin.
Ich bringe alles, was ich finde:
als Becher brauchte dich der Blinde,
sehr tief verbarg dich das Gesinde,
der Bettler aber hielt dich hin;
und manchmal war bei einem Kinde
ein großes Stück von deinem Sinn.

Du siehst, daß ich ein Sucher bin.

Einer, der hinter seinen Händen
verborgen geht und wie ein Hirt;
(mögst du den Blick, der ihn beirrt,
den Blick der Fremden von ihm wenden.)
Einer der träumt, dich zu vollenden
und: daß er sich vollenden wird.

Selten ist die Sonne im Sobór.
Die Wände wachsen aus Gestalten,
und durch die Jungfraun und die Alten
drängt sich, wie Flügel im Entfalten,

그러나 나는 당신을 그릇에 다시 담으렵니다.
그리하여 당신을 즐겁게 해 드리겠습니다.

나는 숱한 바람 속을 헤맸고,
당신은 바람결에 끝없이 떠돌았습니다.
내가 찾은 전부를 여기 가져왔습니다.
눈먼 이는 당신을 잔으로 사용했고,
하인들은 당신을 깊이 숨겼습니다.
하지만 거지는 당신을 내밀었습니다.
그리고 때론 당신 마음의 큰 조각을
아이가 갖고 놀고 있기도 했습니다.

보다시피, 나는 당신을 찾는 자입니다.

나는 두 손으로 얼굴을 가린 채
남몰래 다니는 자, 목자 같은 사람입니다
(그의 마음을 흔들어 놓는 시선을,
타인의 시선을 그에게서 거두소서)
당신을 완성하고자 꿈꾸는 사람은
그리하여 자신을 완성할 것입니다.

대성당[105]에는 햇살이 드물게 듭니다.
벽에는 성자들의 그림이 자라나고,
처녀들과 늙은 성자들 사이로
막 펼쳐진 날개처럼 불쑥

das goldene, das Kaiser-Tor.

An seinem Säulenrand verlor
die Wand sich hinter den Ikonen;
und, die im stillen Silber wohnen,
die Steine steigen wie ein Chor
und fallen wieder in die Kronen
und schweigen schöner als zuvor.

Und über sie, wie Nächte blau,
von Angesichte blaß,
schwebt, die dich freuete, die Frau:
die Pförtnerin, der Morgentau,
die dich umblüht wie eine Au
und ohne Unterlaß.

Die Kuppel ist voll deines Sohns
und bindet rund den Bau.

Willst du geruhen deines Throns,
den ich in Schauern schau.

Da trat ich als ein Pilger ein
und fühlte voller Qual
an meiner Stirne dich, du Stein.

황제의 황금 문[106]이 나타납니다.

황제의 문 가장자리 벽은
조용한 은빛[107] 속에 살고 있는
성화들에 가려 보이지 않습니다.
돌들은 합창처럼 솟구쳤다가는
다시 기둥머리 장식을 향해 떨어져
전보다 아름답게 침묵하고 있습니다.

그리고 성화 맨 위 줄에는 밤처럼 푸른
창백한 얼굴의
당신을 즐겁게 해 주었던 그 여인,
아침 이슬 같은 문지기가 공중에 떠서
마치 들판처럼
끝없이 당신을 꽃으로 에워싸고 있습니다.

둥근 천장은 당신 아들 그림으로 가득 차
건물 전체를 아름답게 감싸고 있습니다.

당신은 그 옥좌에 앉으려 하시나이까,
나는 두려움 속에 바라봅니다.[108]

그때 나는 순례자로 성당에 들렀습니다.
그리고 들끓는 고통 속에서
이마에 당신을 느꼈습니다, 당신 돌이여.

Mit Lichtern, sieben an der Zahl,
umstellte ich dein dunkles Sein
und sah in jedem Bilde dein
bräunliches Muttermal.

Da stand ich, wo die Bettler stehn,
die schlecht und hager sind:
aus ihrem Auf- und Niederwehn
begriff ich dich, du Wind.
Ich sah den Bauer, überjahrt,
bärtig wie Joachim,
und daraus, wie er dunkel ward,
von lauter Ähnlichen umschart,
empfand ich dich wie nie so zart,
so ohne Wort geoffenbart
in allen und in ihm.

Du läßt der Zeit den Lauf,
und dir ist niemals Ruh darin:
der Bauer findet deinen Sinn
und hebt ihn auf und wirft ihn hin
und hebt ihn wieder auf.

Wie der Wächter in den Weingeländen
seine Hütte hat und wacht,

일곱 개의 촛불로 나는
당신의 어두운 존재를 에워쌌습니다.
그리고 모든 그림에서 당신의
갈색 모반(母斑)을 보았습니다.[109]

그때 나는 여위고 초췌한 거지들이
서 있는 곳에 함께 있었습니다.
그들이 앉고 일어설 때 이는 바람에서
당신을 느꼈습니다, 당신 바람이여.
나는 성 요아킴[110]처럼 고령에
턱수염 난 농부를 보았습니다.
그와 똑같은 사람들에게 둘러싸여
그의 모습이 어두워졌을 때,
나는 예전에 없이 한없이 부드럽게,
한마디 말도 없었지만 당신을
그들 모두에게서 또 그에게서 느꼈습니다.

당신은 시간이 흐르도록 둡니다.
당신에게 시간 속의 휴식이란 없습니다.
농부는 당신의 의미를 발견하여
그것을 주워 올리고 또 내팽개치고
또다시 주워 올립니다.

포도밭에 파수꾼이
오두막을 짓고 지키듯이,

bin ich Hütte, Herr, in deinen Händen
und bin Nacht, o Herr, von deiner Nacht.

Weinberg, Weide, alter Apfelgarten,
Acker, der kein Frühjahr überschlägt,
Feigenbaum, der auch im marmorharten
Grunde hundert Früchte trägt:

Duft geht aus aus deinen runden Zweigen.
Und du fragst nicht, ob ich wachsam sei;
furchtlos, aufgelöst in Säften, steigen
deine Tiefen still an mir vorbei.

Gott spricht zu jedem nur, eh er ihn macht,
dann geht er schweigend mit ihm aus der Nacht.
Aber die Worte, eh jeder beginnt,
diese wolkigen Worte sind:

Von deinen Sinnen hinausgesandt,
geh bis an deiner Sehnsucht Rand;
gieb mir Gewand.

Hinter den Dingen wachse als Brand,
daß ihre Schatten, ausgespannt,
immer mich ganz bedecken.

주여, 나는 당신 두 손안에 든 오두막,
오, 주여, 당신의 밤에 휩싸인 밤입니다.[111]

포도밭, 목장, 오래된 사과밭,
봄을 건너뛰는 법이 없는 전답,
대리석처럼 단단한 땅에서도
수백의 열매를 맺는 무화과나무입니다.

당신의 둥근 가지에서 향기가 피어오릅니다.
당신은 내가 잘 지키는지 묻지 않습니다.
아무 두려움 없이, 수액 속에 녹아서,
당신의 깊은 의미가 조용히 내 곁을 스칩니다.

신은 각각의 존재에게 그를 창조하기 전에만 말합니다.
그 뒤 말없이 그를 밤 밖으로 데리고 갑니다.
그런데 이 말, 각 생명이 시작되기 전의
구름 낀 말은 다음 같습니다:

네 감각이 시키는 대로
네 그리움의 끝까지 가라.
나에게 옷을 내어 다오.

사물들 뒤에서 불꽃으로 활활 타올라
넘실대는 사물들의 그림자가
언제나 나를 온전히 덮게 해 다오.

Laß dir Alles geschehn: Schönheit und Schrecken.
Man muß nur gehn: Kein Gefühl ist das fernste.
Laß dich von mir nicht trennen.
Nah ist das Land,
das sie das Leben nennen.

Du wirst es erkennen
an seinem Ernste.

Gieb mir die Hand.

Ich war bei den ältesten Mönchen, den Malern und
    Mythenmeldern,
die schrieben ruhig Geschichten und zeichneten Runen des
    Ruhms.
Und ich seh dich in meinen Gesichten mit Winden, Wassern
    und Wäldern
rauschend am Rande des Christentums,
du Land, nicht zu lichten.

Ich will dich erzählen, ich will dich beschaun und beschreiben,
nicht mit Bol und mit Gold, nur mit Tinte aus
    Apfelbaumrinden;
ich kann auch mit Perlen dich nicht an die Blätter binden,

아름다움과 두려움, 모두를 받아들여라.
사람은 가야 할 뿐이다, 어떤 감정도 멀지 않다.
내게서 떨어지지 말아라.
사람들이 삶이라 부르는
땅에 가까이 왔다.

그 진지함을 통해
그것이 삶임을 알 것이다.

내게 손을 내밀어라.

나는 늙은 수도사들, 화가들, 이야기꾼들과 함께
    있었습니다.
이들은 차분히 이야기를 적었고 찬미의 룬[112]을
    그렸습니다.
그리고 나의 환상 속에서 바람, 물,
    그리고 숲과 함께
기독교의 언저리에서 울려 퍼지는 당신 모습을 봅니다.
당신, 환히 밝힐 수 없는 땅이여.

나는 당신을 이야기하고, 바라보고 묘사하려고 합니다.
점토, 황금이 아니라 사과나무 껍질로 만든 잉크로
    말입니다.
나는 당신을 진주 사슬로 종이에 묶을 수 없습니다,

und das zitterndste Bild, das mir meine Sinne erfinden,
du würdest es blind durch dein einfaches Sein übertreiben.

So will ich die Dinge in dir nur bescheiden und schlichthin
    benamen,
will die Könige nennen, die ältesten, woher sie kamen,
und will ihre Taten und Schlachten berichten am Rand meiner
Seiten.

Denn du bist der Boden. Dir sind nur wie Sommer die Zeiten,
und du denkst an die nahen nicht anders als an die entfernten,
und ob sie dich tiefer besamen und besser bebauen lernten:
du fühlst dich nur leise berührt von den ähnlichen Ernten
und hörst weder Säer noch Schnitter, die über dich schreiten.

Du dunkelnder Grund, geduldig erträgst du die Mauern.
Und vielleicht erlaubst du noch eine Stunde den Städten zu
    dauern
und gewährst noch zwei Stunden den Kirchen und einsamen
    Klöstern
und lässest fünf Stunden noch Mühsal allen Erlöstern
und siehst noch sieben Stunden das Tagwerk des Bauern — :

Eh du wieder Wald wirst und Wasser und wachsende Wildnis
    in der Stunde der unerfaßlichen Angst,

나의 감각이 그려 내는 떨리는 그림을 당신은
당신의 소박한 존재로 금세 무색하게 만들 테니까요.

그래서 나는 그저 겸손하고 꾸밈없이
당신 품 안의 사물들에 이름을 붙여 주고,
왕들, 가장 오래된 그들의 이름과 출신을 열거하고
그들의 행적과 전투를 책장 여백에다 적겠습니다.

당신은 땅입니다. 당신에게 때는 늘 여름과 같습니다.
그리고 당신은 가깝거나 먼 시절을 다르지 않게 생각하며,
그들이 당신을 더 깊이 파종하고 가꿀 줄 아는지
        고민합니다.
당신은 비슷한 수확물이 당신을 살짝 건드리는 것만 느낄 뿐
당신 위로 지나는 파종 소리나 낫질 소리를 듣지 않습니다.

당신 어둠에 묻혀 가는 땅이여, 당신은 장벽들을 잘 견디고
        있습니다.
도시들이 한 시간만 더 서 있도록 허용하여 주시고
교회와 외로운 수도원들에 두 시간만 더 허락하여 주소서.
구원받은 모든 이들에게 다섯 시간의 고난을 더 주소서.
그리고 일곱 시간만 더 농부의 일과를 지켜보아 주소서.

당신이 다시 숲, 물, 커 가는 황야가 되기 전에,
        알 수 없는 두려움의 순간에,
        당신이 만물로부터 당신의

da du dein unvollendetes Bildnis
von allen Dingen zurückverlangst.

Gieb mir noch eine kleine Weile Zeit: ich will die Dinge so wie
keiner lieben,
bis sie dir alle würdig sind und weit.
Ich will nur sieben Tage, sieben,
auf die sich keiner noch geschrieben,
sieben Seiten Einsamkeit.

Wem du das Buch giebst, welches die umfaßt,
der wird gebückt über den Blättern bleiben.
Es sei denn, daß du ihn in Händen hast,
um selbst zu schreiben.

So bin ich nur als Kind erwacht,
so sicher im Vertraun,
nach jeder Angst und jeder Nacht
dich wieder anzuschaun.
Ich weiß, sooft mein Denken mißt,
wie tief, wie lang, wie weit — :
du aber bist und bist und bist,
umzittert von der Zeit.

Mir ist, als wär ich jetzt zugleich

미완성의 모습을 되찾기 전에.

내게 조금 더 시간을 주소서. 나는 누구보다 사물들을 사랑
하렵니다,
그것들이 모두 당신의 격에 맞고 드넓어질 때까지.
나는 오로지 일곱 날을 원합니다.
아무도 아직 아무것도 쓰지 않은
일곱 면의 고독을 원합니다.

일곱 면의 고독을 담은 책을 당신이 누구에게 주든지
그는 언제까지나 종이 위에 웅크리고 있을 것입니다.
당신이 직접 쓰기 위하여
그를 손에 쥐지 않는다면 말입니다.

이렇게 아이처럼 눈을 뜨는 건,[113]
불안과 밤이 지나고 나면
언제고 당신을 다시 볼 수 있다는
굳은 확신이 있기 때문입니다.
생각이 미치는 대로 깊이, 오래,
멀리 재 보아도, 나는 압니다,
당신은 늘 있고 계속해서 있음을,
떨리는 시간에 에워싸인 채로.

나는 지금 아이이자 소년, 남자,
그 이상의 존재 같습니다.

Kind, Knab und Mann und mehr.
Ich fühle: nur der Ring ist reich
durch seine Wiederkehr.

Ich danke dir, du tiefe Kraft,
die immer leiser mit mir schafft
wie hinter vielen Wänden;
jetzt ward mir erst der Werktag schlicht
und wie ein heiliges Gesicht
zu meinen dunklen Händen.

Daß ich nicht war vor einer Weile,
weißt du davon? Und du sagst nein.
Da fühl ich, wenn ich nur nicht eile,
so kann ich nie vergangen sein.

Ich bin ja mehr als Traum im Traume.
Nur was sich sehnt nach einem Saume,
ist wie ein Tag und wie ein Ton;
es drängt sich fremd durch deine Hände,
daß es die viele Freiheit fände,
und traurig lassen sie davon.

So blieb das Dunkel dir allein,
und, wachsend in die leere Lichte,

원(圓)만이 그 순환으로
가득 참을 나는 느낍니다.

수많은 벽으로 둘러싸인 듯이
나와 함께 은밀하게 창조하는
당신 깊은 힘이여, 감사드립니다.
이제야 나의 일과는 소박해졌으며,
어둠에 싸인 나의 손에 어울리는
성스러운 얼굴을 갖게 된 듯합니다.[114]

얼마 전만 해도 내가 존재하지 않았음을
아시나요? 당신은 '아니요'라고 말합니다.
서두르지만 않으면, 나는 그리 쉽게
과거로 사라지지 않을 것입니다.

나는 꿈속의 꿈 이상입니다.
끝자락을 갈망하는 것은
낮과 같고 소리와 같은 것입니다.
그것은 당신의 손을 떨치고 낯설게 돌진해서
많은 자유를 발견하려는 것과 마찬가지입니다,
당신의 손은 슬프게도 그것을 놓아줍니다.

그리하여 당신에게는 어둠만이 있었습니다,
그리고 공허한 빛을 향해 자라나면서,
점점 눈멀어 가는 돌들로 된

erhob sich eine Weltgeschichte

aus immer blinderem Gestein.

Ist einer noch, der daran baut?

Die Massen wollen wieder Massen,

die Steine sind wie losgelassen

und keiner ist von dir behauen...

Es lärmt das Licht im Wipfel deines Baumes

und macht dir alle Dinge bunt und eitel,

sie finden dich erst wenn der Tag verglomm.

Die Dämmerung, die Zärtlichkeit des Raumes,

legt tausend Hände über tausend Scheitel,

und unter ihnen wird das Fremde fromm.

Du willst die Welt nicht anders an dich halten

als so, mit dieser sanftesten Gebärde.

Aus ihren Himmeln greifst du dir die Erde

und fühlst sie unter deines Mantels Falten.

Du hast so eine leise Art zu sein.

Und jene, die dir laute Namen weihn,

sind schon vergessen deiner Nachbarschaft.

Von deinen Händen, die sich bergig heben,

세계사가 우뚝 솟았습니다.
짓고 있는 자가 아직도 있습니까?
대중은 또다시 대중을 원하고
돌들은 허물어질 듯합니다

당신이 다듬은 것은 하나도 없습니다······[115]

당신의 우듬지에 햇살이 소란스레 나대며[116]
당신의 모든 것들을 잡다하고 공허하게 만듭니다.
그들은 날이 저물고 나서야 당신을 발견합니다.
저녁 해거름, 공간의 온화함이
수천의 정수리에 수천의 손을 얹으면,
그 아래서는 낯선 것도 경건해집니다.

당신은 이 세상을 달리 붙잡고 싶지 않습니다,
오로지 이 가장 부드러운 몸짓으로만 잡지요.
당신은 이 세상의 하늘에서 대지를 끌어당겨
당신의 외투 주름 아래에서 대지를 느낍니다.

당신의 존재 방식은 너무나도 조용합니다.
그리고 당신에게 거창한 이름을 붙이는 이들은
벌써 당신의 이웃에서 잊혔습니다.

산처럼 솟아오른 당신의 두 손에서
우리의 감각에 법칙을 주기 위해

steigt, unsern Sinnen das Gesetz zu geben,
mit dunkler Stirne deine stumme Kraft.

Du Williger, und deine Gnade kam
immer in alle ältesten Gebärden.
Wenn einer die Hände zusammenflicht,
so daß sie zahm
und um ein kleines Dunkel sind — :
auf einmal fühlt er dich in ihnen werden,
und wie im Winde
senkt sich sein Gesicht
in Scham.

Und da versucht er, auf dem Stein zu liegen
und aufzustehn, wie er bei andern sieht,
und seine Mühe ist, dich einzuwiegen
aus Angst, daß er dein Wachsein schon verriet.

Denn wer dich fühlt, kann sich mit dir nicht brüsten;
er ist erschrocken, bang um dich und flieht
vor allen Fremden, die dich merken müßten:

Du bist das Wunder in den Wüsten,
das Ausgewanderten geschieht.

검은 이마를 한 당신의 묵묵한 힘이 솟습니다.

당신 베푸는 이여, 당신의 은총은 언제나
오랜 기도마다 깃들었습니다.
누군가 두 손을 합장하여
공손히 작게 감싸
작은 어둠을 만들면
갑자기 손안에서 당신을 느낍니다.
그러면 바람에 나부끼듯
그는 부끄러움에
얼굴을 떨굽니다.

그때 그는 다른 사람들이 하는 대로
돌 위에 누웠다 일어났다 합니다.
당신이 깨어 있음을 드러냈을지도 모른다는 두려움에
당신을 다시 잠재우려 애씁니다.

당신을 느끼는 이는 당신을 자랑하면 안 되니까요.
그는 당신 걱정에 놀라서, 혹시 당신을
알아챘을지도 모를 낯선 이들에게서 도망칩니다:

당신은 황야의 기적,
방랑하는 이들에게 일어나는 기적[117]입니다.[118]

Eine Stunde vom Rande des Tages,
und das Land ist zu allem bereit.
Was du sehnst, meine Seele, sag es:

Sei Heide und, Heide, sei weit.
Habe alte, alte Kurgane,
wachsend und kaumerkannt,
wenn es Mond wird über das plane
langvergangene Land.
Gestalte dich, Stille. Gestalte
die Dinge (es ist ihre Kindheit,
sie werden dir willig sein).
Sei Heide, sei Heide, sei Heide,
dann kommt vielleicht auch der Alte,
den ich kaum von der Nacht unterscheide,
und bringt seine riesige Blindheit
in mein horchendes Haus herein.

Ich seh ihn sitzen und sinnen,
nicht über mich hinaus;
für ihn ist alles innen,
Himmel und Heide und Haus.
Nur die Lieder sind ihm verloren,
die er nie mehr beginnt;
aus vielen tausend Ohren
trank sie die Zeit und der Wind;

하루 끝자락의 한 시간,
땅은 모든 것을 맞을 준비가 되어 있습니다.
나의 영혼이여, 네가 갈망하는 것을 말해 다오:

황야가 되렴, 황야여, 넓게 펼쳐져라.
오랫동안 버려진 넓은 땅에
달이 떠오르면
아무도 모르게 점점 커 가며
오래, 오래된 쿠르간들[119]을 품어 다오.
고요여, 번져 다오. 사물들을
키워 다오(사물들은 아직 어리니
그대의 말에 잘 따르리라).
황야가 되렴, 황야가 되렴, 황야가 되렴,
그러면 어쩌면 밤과 구분하기 어려운
노인[120]이 찾아와
그의 거대한 실명을 가지고
엿듣는 나의 집을 찾으리라.[121]

그를 봅니다, 생각에 잠긴 채 앉아 있으며,
나를 넘어서지 않습니다.
그에겐 모든 것이 내면에 들어 있습니다,
하늘과 황야와 집, 모두.
오직 노래만 그에게서 사라졌습니다.
이제 그는 노래를 부르는 일이 없습니다.
시간과 바람이 노래들을
수천의 귀에서, 어리석은 자들의

aus den Ohren der Toren.

Und dennoch: mir geschieht,

als ob ich ein jedes Lied

tief in mir ihm ersparte.

Er schweigt hinterm bebenden Barte,

er möchte sich wiedergewinnen

aus seinen Melodien.

Da komm ich zu seinen Knien:

und seine Lieder rinnen

rauschend zurück in ihn.

귀에서 마셔 버렸습니다.

그렇지만, 내 가슴속에는
그를 위해 모든 노래가
깊이 간직된 것 같습니다.

떨리는 턱수염 뒤에서 그는 말이 없습니다,
그는 노래의 선율에서
자신을 되찾고 싶습니다.
이제 나는 그의 무릎께로 다가갑니다:

그러면 그의 노래들은 소리를 내며
그의 안으로 다시 흘러 들어갑니다.[122]

2부

순례의 서

DAS BUCH VON DER PILGERSCHAFT
(1901년)

Dich wundert nicht des Sturmes Wucht, —
du hast ihn wachsen sehn; —
die Bäume flüchten. Ihre Flucht
schafft schreitende Alleen.
Da weißt du, der, vor dem sie fliehn
ist der, zu dem du gehst,
und deine Sinne singen ihn,
wenn du am Fenster stehst.

Des Sommers Wochen standen still,
es stieg der Bäume Blut;
jetzt fühlst du, daß es fallen will
in den der Alles tut.
Du glaubtest schon erkannt die Kraft,
als du die Frucht erfaßt,
jetzt wird sie wieder rätselhaft,
und du bist wieder Gast.

Der Sommer war so wie dein Haus,
drin weißt du alles stehn —
jetzt mußt du in dein Herz hinaus
wie in die Ebene gehn.

너[123]는 폭풍이 커 가는 것을 보았지만,
폭풍의 위세에도 놀라지 않는다.[124]
나무들은 도망친다. 도망치는 모습이
걸어가는 가로수 길을 만들어 놓는다.
너는 안다, 그들이 도망치는 상대가
곧 네가 향해 가는 그 존재라는 것을.[125]
그리고 창가에 서면
너의 감각은 그를 노래한다.

그 여름의 몇 주는 조용히 멎어 있었다.
나무들의 피는 솟아올랐으니,
이제 너는 느낀다, 떨어지려 함을,
모든 것을 행하는 존재를 향해.[126]
열매를 손에 넣었을 때 너는
그 힘을 인식했다고 믿었다.
이제 그 힘이 다시 수수께끼가 되었으니,
너는 다시 손님.

여름은 모든 것이 눈에 익은
너의 집과 같았다.
이제 평원으로 들어서듯이
네 가슴속으로 가야 한다.

Die große Einsamkeit beginnt,
die Tage werden taub,
aus deinen Sinnen nimmt der Wind
die Welt wie welkes Laub.

Durch ihre leeren Zweige sieht
der Himmel, den du hast;
sei Erde jetzt und Abendlied
und Land, darauf er paßt.
Demütig sei jetzt wie ein Ding,
zu Wirklichkeit gereift,
daß Der, von dem die Kunde ging,
dich fühlt, wenn er dich greift.

Ich bete wieder, du Erlauchter,
du hörst mich wieder durch den Wind,
weil meine Tiefen niegebrauchter
rauschender Worte mächtig sind.

Ich war zerstreut; an Widersacher
in Stücken war verteilt mein Ich.
O Gott, mich lachten alle Lacher,
und alle Trinker tranken mich.

In Höfen hab ich mich gesammelt

큰 고독이 시작되고,
일상은 무감각해진다,
바람이 너의 감각에서 이 세상을
시든 나뭇잎처럼 날려 버린다.

네 감각의 앙상한 가지 사이로
네 가슴속 하늘이 보인다.
이제 대지가, 저녁 노래가 되어라,
그리고 하늘과 어울리는 땅이 되어라.
이제 하나의 사물처럼 겸손하여,
진정한 존재로 익어 가라,
너에게 기별을 주었던 그 존재가
네 손을 잡으면, 너를 느끼게.

나 다시 기도합니다. 당신 고귀한 자여,
나의 깊은 곳은 한 번도 쓰인 적 없는
속삭이는 말을 할 줄 알기에
당신은 바람결에 내 목소리를 다시 듣습니다.

나는 흩어졌었습니다. 적대자들로 인해
나의 자아는 산산이 깨졌었지요.
오 신이여, 웃는 자들 모두가 나를 두고 웃었고
모든 술꾼은 나를 마셔 버렸습니다.[127]

뜰에서 나는 나를 주워 모았습니다,

aus Abfall und aus altem Glas,

mit halbem Mund dich angestammelt,

dich, Ewiger aus Ebenmaß.

Wie hob ich meine halben Hände

zu dir in namenlosem Flehn,

daß ich die Augen wiederfände,

mit denen ich dich angesehn.

Ich war ein Haus nach einem Brand,

darin nur Mörder manchmal schlafen,

eh ihre hungerigen Strafen

sie weiterjagen in das Land;

ich war wie eine Stadt am Meer,

wenn eine Seuche sie bedrängte,

die sich wie eine Leiche schwer

den Kindern an die Hände hängte.

Ich war mir fremd wie irgendwer,

und wußte nur von ihm, daß er

einst meine junge Mutter kränkte

als sie mich trug,

und daß ihr Herz, das eingeengte,

sehr schmerzhaft an mein Keimen schlug.

Jetzt bin ich wieder aufgebaut

aus allen Stücken meiner Schande

쓰레기와 낡은 유리 조각들로,
반쯤 입을 열어 당신의 이름을 중얼거렸습니다.
조화로 이루어진 영원한 존재인 당신을.
당신을 볼 수 있던
그 눈을 다시 갖게 해 달라고
나 얼마나 말로 다 할 수 없이 애원하며
당신을 향해 간신히 손을 내밀었던가요.

나는 불난 뒤의 집이었습니다,
굶주린 형벌이 그들을
들판으로 쫓아낼 때까지 가끔
살인자들이 잠을 잘 뿐인 집이었습니다.
나는 전염병이 휩쓸고 지나간
바닷가 도시와 같았습니다,
어린아이의 손마다 시체처럼 무겁게
전염병이 매달린 그 도시 말입니다.

나 자신이 타인처럼 낯설었고,
이 다른 나에 대해 아는 것은 다만,
젊은 어머니가 나를 가졌을 때
내가 그녀를 몹시 괴롭혔다는 것과,
그리고 답답한 그녀의 심장이
무척 힘겹게 나의 싹을 틔웠다는 것입니다.

나의 치욕의 모든 조각을 꿰매어
이제 나는 다시 복구되었습니다.

und sehne mich nach einem Bande,

nach einem einigen Verstande,

der mich wie *ein* Ding überschaut, —

nach deines Herzens großen Händen —

(o kämen sie doch auf mich zu)

ich zähle mich, mein Gott, und du,

du hast das Recht, mich zu verschwenden.

Ich bin derselbe noch, der kniete

vor dir im mönchischen Gewand:

der tiefe, dienende Levite,

den du erfüllt, der dich erfand.

Die Stimme einer stillen Zelle,

an der die Welt vorüberweht, —

und du bist immer noch die Welle,

die über alle Dinge geht.

Es *ist* nichts andres. Nur ein Meer,

aus dem die Länder manchmal steigen.

Es *ist* nichts andres denn ein Schweigen

von schönen Engeln und von Geigen,

und der Verschwiegene ist der,

zu dem sich alle Dinge neigen

von seiner Stärke Strahlen schwer.

그리고 나는 하나의 유대를 갈망하고,
나를 하나의 사물처럼 바라보며
모든 것을 포옹해 주는 마음과
당신 가슴의 큰 손을 갈망합니다
(오 그 손이 내게 다가와 준다면).
나의 신이여, 나는 나를 셉니다,[128] 그리고 당신,
당신은 나를 마음껏 쓸 권리가 있습니다.

내가 바로 그 사람입니다, 당신 앞에
수도복을 입고 무릎을 꿇었던 사람입니다.
당신이 충족시켜 주시고, 당신을 찾아낸
마음 깊이 섬기는 부사제입니다.
세상의 바람이 스쳐 지나가는
조용한 골방에서 들리는 목소리, ─
당신은 언제나 모든 사물을
휩쓸어 가는 파도입니다.

있다면 오로지 바다뿐,
거기서 가끔 땅이 솟아오릅니다.
있다면 오로지 아름다운 천사들의,
바이올린의 침묵만이 있을 뿐입니다,
그리고 침묵에 잠긴 사람, 그에게
모든 사물은 그의 강력한 빛 아래
몸을 숙입니다.

Bist du denn Alles, — ich der Eine,
der sich ergiebt und sich empört?
Bin ich denn nicht das Allgemeine,
bin ich nicht *Alles*, wenn ich weine,
und du der Eine, der es hört?

Hörst du denn etwas neben mir?
Sind da noch Stimmen außer meiner?
Ist da ein Sturm? Auch ich bin einer,
und meine Wälder winken dir.

Ist da ein Lied, ein krankes, kleines,
das dich am Micherhören stört, —
auch ich bin eines, höre meines,
das einsam ist und unerhört.

Ich bin derselbe noch, der bange
dich manchmal fragte, wer du seist.
Nach jedem Sonnenuntergange
bin ich verwundet und verwaist,
ein blasser Allem Abgelöster
und ein Verschmähter jeder Schar,
und alle Dinge stehn wie Klöster,
in denen ich gefangen war.
Dann brauch ich dich, du Eingeweihter,
du sanfter Nachbar jeder Not,

당신은 일체이고, 나는 헌신하기도
분개하기도 하는 한 개체에 불과한가요?
나는 아무래도 보편적인 존재가 못 되나요?
운다고 해도 나는 **온전한 존재**가 못 되나요?
당신은 그 소리를 듣는 한 존재일 뿐인가요?

당신은 내 곁에서 다른 소리를 들으시나요?
내 목소리 말고 또 다른 소리가 있나요?
그것은 폭풍인가요? 나 또한 폭풍입니다,
나의 숲은 당신을 향해 손짓합니다.

노래가, 병든 작은 노래가 하나 있어서
당신이 내 목소리를 듣는 것을 막는다면,
나 역시 노래이오니 내 노래를 들으소서,
쓸쓸하고 들어 본 적 없는 내 노래를.

내가 바로 그 사람입니다, 불안한 마음에
가끔 당신이 누구냐고 묻던 그 사람입니다.
해가 떨어지고 나면 언제나 나는
마음 쓰라린 외톨이가 됩니다,
모든 것에서 떨어져 나온 창백한 자,
모든 무리의 멸시를 받는 존재입니다.
그리고 주위의 모든 사물은 마치
내가 갇혀 있던 수도원처럼 서 있습니다.
당신이 필요합니다. 당신 잘 아는 이여,
당신 온갖 고난의 다정한 이웃이여,

du meines Leidens leiser Zweiter,
du Gott, dann brauch ich dich wie Brot.
Du weißt vielleicht nicht, wie die Nächte
für Menschen, die nicht schlafen, sind:
da sind sie alle Ungerechte,
der Greis, die Jungfrau und das Kind.
Sie fahren auf wie totgesagt,
von schwarzen Dingen nah umgeben,
und ihre weißen Hände beben
verwoben in ein wildes Leben
wie Hunde in ein Bild der Jagd.
Vergangenes steht noch bevor,
und in der Zukunft liegen Leichen,
ein Mann im Mantel pocht am Tor,
und mit dem Auge und dem Ohr
ist noch kein erstes Morgenzeichen,
kein Hahnruf ist noch zu erreichen.
Die Nacht ist wie ein großes Haus.
Und mit der Angst der wunden Hände
reißen sie Türen in die Wände, —
dann kommen Gänge ohne Ende,
und nirgends ist ein Tor hinaus.

Und so, mein Gott, ist *jede* Nacht;
immer sind welche aufgewacht,
die gehn und gehn und dich nicht finden.

당신 내 고뇌의 조용한 분신이여,
신이여, 나는 당신이 빵처럼 필요합니다.
잠들지 못하는 이들에게
밤이 어떤지 당신은 모르실 겁니다.
모두 부당하게 대우받는 자들이 있으니
백발의 노인, 처녀와 어린아이입니다.
시커먼 것들에 에워싸인 채 이들은
사형 선고를 받은 듯 펄쩍 뛰어오릅니다,
그리고 그들의 하얀 손은
수렵도 속의 개처럼
거친 삶에 엮인 채 바르르 떱니다.
흘러간 것 여전히 앞에 서 있고,
미래의 공간엔 시체들이 누워 있습니다.
외투를 입은 사나이가 문을 두드리지만,
눈에도 귀에도 아직
첫 아침의 징조는 전해져 오지 않고,
닭 우는 소리도 들리지 않습니다.
밤은 마치 거대한 집과도 같습니다.
그리고 상처 난 두 손으로 불안스레
그들은 벽을 뜯어 문을 냅니다.
그러면 나타나는 것은 끝없는 복도,
어디에도 밖으로 나가는 문은 없습니다.

신이여, 깨어 있는 사람들은
매일 밤 언제나 그렇습니다,
끝없이 걷고 걷지만 당신을 찾지 못합니다.

Hörst du sie mit dem Schritt von Blinden
das Dunkel treten?
Auf Treppen, die sich niederwinden,
hörst du sie beten?
Hörst du sie fallen auf den schwarzen Steinen?
Du mußt sie weinen hören; denn sie weinen.

Ich suche dich, weil sie vorübergehn
an meiner Tür. Ich kann sie beinah sehn.
Wen soll ich rufen, wenn nicht *den*,
der dunkel ist und nächtiger als Nacht.
Den Einzigen, der ohne Lampe wacht
und doch nicht bangt; den Tiefen, den das Licht
noch nicht verwöhnt hat und von dem ich weiß,
weil er mit Bäumen aus der Erde bricht
und weil er leis
als Duft in mein gesenktes Angesicht
aus Erde steigt.

Du Ewiger, du hast dich mir gezeigt.
Ich liebe dich wie einen lieben Sohn,
der mich einmal verlassen hat als Kind,
weil ihn das Schicksal rief auf einen Thron,
vor dem die Länder alle Täler sind.
Ich bin zurückgeblieben wie ein Greis,

그들이 장님의 발걸음으로
어둠을 밟는 소리가 들립니까?
아래로 내려가는 나선형 계단 위에서
그들이 기도하는 소리가 들립니까?
그들이 검은 돌 위로 쓰러지는 소리가 들립니까?
그들이 우는 소리를 들어야 합니다, 그들은 우니까요.

그들이 문 앞을 지나가기에 나는 당신을 찾습니다.
그들의 모습을 볼 수 있을 것만 같습니다.
어둠 너머 밤보다 더 밤인
분이 아니라면, 내가 누구를 부르겠습니까?
등불 없이 깨어 있으면서도 무서워하지 않는
유일한 분, 여태껏 빛에 물들지 않은
깊으신 분, 내가 알고 있는 그분은
나무들과 함께 땅을 뚫고 나타나시고
그윽한 향기가 되어
떨구어진 나의 얼굴을 향해
땅에서 솟아오르니까요.

당신 영원한 자여, 당신은 내게 자신을 보여 주었습니다.
나는 당신을 사랑하는 아들처럼 사랑합니다,
운명이 그를
모든 땅이 그의 앞에
계곡이 되어 엎드리는 왕좌로 불러
언젠가 어렸을 때 내게서 떠난 아들처럼 말입니다.

der seinen großen Sohn nichtmehr versteht
und wenig von den neuen Dingen weiß,
zu welchen seines Samens Wille geht.

Ich bebe manchmal für dein tiefes Glück,
das auf so vielen fremden Schiffen fährt,
ich wünsche manchmal dich in mich zurück,
in dieses Dunkel, das dich großgenährt.
Ich bange manchmal, daß du nichtmehr bist,
wenn ich mich sehr verliere an die Zeit.
Dann les ich von dir: der Euangelist
schreibt überall von deiner Ewigkeit.

Ich bin der Vater; doch der Sohn ist mehr,
ist alles, was der Vater war, und der,
der er nicht wurde, wird in jenem groß;
er ist die Zukunft und die Wiederkehr,
er ist der Schoß, er ist das Meer...

Dir ist mein Beten keine Blasphemie:
als schlüge ich in alten Büchern nach,
daß ich dir sehr verwandt bin — tausendfach.

Ich will dir Liebe geben. Die und die ...

Liebt man denn einen Vater? Geht man nicht,

나는 다 큰 아들을 전혀 이해하지 못하고
그의 씨앗의 의지가 향해 가는 새로운 것들에 대해
아무것도 모르는 노인처럼 뒤처졌습니다.
그렇듯 많은 낯선 배를 타고 가는,
당신의 깊은 행복을 위해 가끔 나는 몸을 떱니다.
나는 가끔 당신이 내게로 다시 오기를 바랍니다,
당신을 위대하게 키워 낸 이 어둠 속으로요.
내가 너무나 시간에 휩쓸릴 때면
당신이 계시지 않을까 두렵습니다.
그럴 때 나는 당신에 대해 읽습니다, 복음사가들은
곳곳에 당신의 영원성에 대해 적어 놓았으니까요.

나는 아버지, 하지만 아들은 그 이상의 존재,
아버지가 이룬 모든 것, 그리고
그가 이루지 못한 것까지도 아들에게서 위대해질 것입니다.
아들은 미래요 회귀요,
자궁이요, 바다입니다……

당신께 내 기도가 신성 모독이 될 수 없습니다,
이는 마치 오래된 책에서 당신과 내가 천배나
가까운 혈연임을 찾아보는 것과 같으니까요.

당신에게 사랑을 주렵니다, 주고 또 주렵니다……

우리는 대체 아버지를 사랑하나요? 예전에 당신이

wie du von mir gingst, Härte im Gesicht,
von seinen hülflos leeren Händen fort?
Legt man nicht leise sein verwelktes Wort
in alte Bücher, die man selten liest?
Fließt man nicht wie von einer Wasserscheide
von seinem Herzen ab zu Lust und Leide?
Ist uns der Vater denn nicht das, was *war*,
vergangne Jahre, welche fremd gedacht,
veraltete Gebärde, tote Tracht,
verblühte Hände und verblichnes Haar?
Und war er selbst für seine Zeit ein Held,
er ist das Blatt, das, wenn wir wachsen, fällt.

Und seine Sorgfalt ist uns wie ein Alb,
und seine Stimme ist uns wie ein Stein, —
wir möchten seiner Rede hörig sein,
aber wir hören seine Worte halb.
Das große Drama zwischen ihm und uns
lärmt viel zu laut, einander zu verstehn,
wir sehen nur die Formen seines Munds,
aus denen Silben fallen, die vergehn.
So sind wir noch viel ferner ihm als fern,
wenn auch die Liebe uns noch weit verwebt,
erst wenn er sterben muß auf diesem Stern,
sehn wir, daß er auf diesem Stern gelebt.

굳은 얼굴로 내게서 떠났듯이, 우리도
도리 없이 텅 빈 그의 손에서 떠나지 않나요?
우리는 아버지의 시든 말을 슬며시
읽지 않는 낡은 책장에 끼워 넣지 않나요?
분수계에서 흘러내리듯 우리는 저마다의 가슴에서
기쁨과 고통으로 나뉘어 흐르지 않나요?
우리에게 아버지란 과거의 존재가 아닌가요?
이제 낯설기만 한 흘러가 버린 세월,
늙은 몸짓, 다 해진 의복,
시든 손, 그리고 하얗게 센 머리가 아닌가요?
아버지는 그의 시대 동안 영웅이었다 해도
우리가 성장함에 따라 떨어지는 나뭇잎입니다.

그리고 그의 세심함은 우리에게 악몽 같고,
그의 목소리는 우리에게 돌과 같습니다,
그의 말에 따르고 싶지만,
우리는 그의 말을 건성으로 듣습니다.
그와 우리 사이의 위대한 드라마는
너무 시끄러워 서로 알아들을 수가 없습니다,
우리는 그의 입 모양만 볼 뿐입니다,
음절들이 입에서 떨어지면, 그것들은 곧 사라집니다.
사랑이 우리 사이를 멀게나마 아직 엮어 놓고 있지만,
우리는 먼 것 이상으로 서로 멀리 떨어져 있습니다,
그가 이 별에서 죽고 나서야 비로소
우리는 그가 이 별에 살았음을 알게 될 것입니다.

Das ist der Vater uns. Und ich — ich soll
dich Vater nennen?
Das hieße tausendmal mich von dir trennen.
Du bist mein Sohn. Ich werde dich erkennen,
wie man sein einzigliebes Kind erkennt, auch dann,
wenn es ein Mann geworden ist, ein alter Mann.

Lösch mir die Augen aus: ich kann dich sehn,
wirf mir die Ohren zu: ich kann dich hören,
und ohne Füße kann ich zu dir gehn,
und ohne Mund noch kann ich dich beschwören.
Brich mir die Arme ab, ich fasse dich
mit meinem Herzen wie mit einer Hand,
halt mir das Herz zu, und mein Hirn wird schlagen,
und wirfst du in mein Hirn den Brand,
so werd ich dich auf meinem Blute tragen.

Und meine Seele ist ein Weib vor dir.
Und ist wie der Naëmi Schnur, wie Ruth.
Sie geht bei Tag um deiner Garben Hauf
wie eine Magd, die tiefe Dienste tut.
Aber am Abend steigt sie in die Flut
und badet sich und kleidet sich sehr gut

이것이 우리의 아버지입니다, 그런데 내가 — 내가
당신을 아버지라고 불러야 하나요?
그것은 당신과 나를 한없이 떼어 놓는 것입니다.
당신은 나의 아들입니다. 나는 당신을 알아보렵니다,
아들이 어른이 되고, 늙은이가 돼도
사랑하는 자기 자식을 부모가 알아보듯이.

내 눈빛을 꺼 주소서, 그래도 나는 당신을 볼 수 있습니다,[129]
내 귀를 막으소서, 그래도 나는 당신 목소리를 들을 수 있습니다,
발이 없어도 당신에게 갈 수 있고,
입이 없어도 당신의 이름을 부를 수 있습니다.
내 팔을 부러뜨려 주소서, 나는 손으로 하듯
내 심장으로 당신을 끌어안을 것입니다,
내 심장을 막아 주소서, 그러면 나의 뇌가 고동칠 것입니다,
내 뇌에 불을 지르면,
나는 당신을 피에 실어 나르겠습니다.

그리고 나의 영혼은 당신 앞에 서 있는 여인입니다.[130]
나오미의 며느리[131] 룻과 같습니다.
나의 영혼은 낮에는 마음 깊이 봉사하는 시녀가 되어
당신의 볏단 사이에서 이삭을 줍습니다.
그러나 저녁이면 강으로 나가,
몸을 씻고 좋은 옷으로 갈아입은 다음,

und kommt zu dir, wenn alles um dich ruht,
und kommt und deckt zu deinen Füßen auf.

Und fragst du sie um Mitternacht, sie sagt
mit tiefer Einfalt: Ich bin Ruth, die Magd.
Spann deine Flügel über deine Magd.
Du bist der Erbe...

Und meine Seele schläft dann, bis es tagt
bei deinen Füßen, warm von deinem Blut.
Und ist ein Weib vor dir. Und ist wie Ruth.

Du bist der Erbe.
Söhne sind die Erben,
denn Väter sterben.
Söhne stehn und blühn.
  Du bist der Erbe:

Und du erbst das Grün
vergangner Gärten und das stille Blau
zerfallner Himmel.
Tau aus tausend Tagen,
die vielen Sommer, die die Sonnen sagen,
und lauter Frühlinge mit Glanz und Klagen,

당신 주변의 모든 것이 쉴 때면 당신에게로 갑니다,
가서, 당신의 발치에 이불을 들고 눕습니다.

그러면 한밤중에 당신은 나의 영혼에게 묻습니다,
나의 영혼은 대답합니다, 나는 당신의 여종 룻이오니
당신의 옷자락으로 당신의 여종을 덮어 주세요.
당신은 우리의 기업(基業)을 상속할 분이십니다.[132]

그리고 나의 영혼은 날이 밝을 때까지
당신의 발치에서 당신의 피로 포근하게 잡니다.
그리고 당신 앞의 여인입니다, 룻과 같습니다.

당신은 상속자입니다.
아들들은 상속자입니다,
아버지들은 세상을 뜨니까요.
아들들은 서서 꽃처럼 피어납니다.
　　당신은 상속자입니다.

그리고 당신은 흘러간 정원의 푸르름과
허물어진 하늘의 잔잔한
파란빛을 상속받습니다.[133]
수많은 날의 이슬과
태양을 말하는 많은 여름과
젊은 여인의 쌓이고 쌓인 편지처럼

wie viele Briefe einer jungen Frau.

Du erbst die Herbste, die wie Prunkgewänder

in der Erinnerung von Dichtern liegen,

und alle Winter, wie verwaiste Länder,

scheinen sich leise an dich anzuschmiegen.

Du erbst Venedig und Kasan und Rom,

Florenz wird dein sein, der Pisaner Dom,

die Troïtzka Lawra und das Monastir,

das unter Kiews Gärten ein Gewirr

von Gängen bildet, dunkel und verschlungen, —

Moskau mit Glocken wie Erinnerungen, —

und Klang wird dein sein: Geigen, Hörner, Zungen,

und jedes Lied, das tief genug erklungen,

wird an dir glänzen wie ein Edelstein.

Für dich nur schließen sich die Dichter ein

und sammeln Bilder, rauschende und reiche,

und gehn hinaus und reifen durch Vergleiche

und sind ihr ganzes Leben so allein...

Und Maler malen ihre Bilder nur,

damit du *unvergänglich* die Natur,

die du vergänglich schufst, zurückempfängst:

alles wird ewig. Sieh, das Weib ist längst

in der Madonna Lisa reif wie Wein;

es müßte nie ein Weib mehr sein,

denn Neues bringt kein neues Weib hinzu.

환희와 비탄을 가득 품은 봄을.
울긋불긋한 나들이옷처럼 시인들의 기억 속에
물들어 있는 가을을 상속받습니다,
그리고 모든 겨울은 버려진 땅처럼
고요히 당신 곁에 깃드는 듯합니다.
당신은 베네치아[134]와 카잔과 로마를 상속받습니다,
피렌체도 당신 것입니다, 피사의 사원,
트로이츠카 라브라,[135] 그리고 키이우의 정원 중
어둡게 뒤엉킨 통로들이 즐비한
동굴수도원을 당신은 상속받습니다.
종소리 추억처럼 울리는 모스크바,[136]
그리고 소리는 당신 것입니다, 바이올린, 뿔피리, 말소리,
그리고 나직이 울려 퍼진 모든 노래는
보석처럼 당신에게서 빛날 것입니다.

당신을 위해 시인들은 문을 걸어 잠근 채
속삭이는 풍부한 이미지들을 모읍니다,
그리고 밖으로 나가 비유로 성숙하며
평생토록 혼자입니다……
그리고 화가들이 그림을 그리는 까닭은,
당신이 창조한 덧없는 자연을 당신에게
불멸의 모습으로 되돌려 주기 위함입니다.[137] 그리하여
모든 것은 영원해집니다. 보세요, 여인은 오래전에
모나리자에서 포도주처럼 무르익었습니다,
진정한 여인은 더는 존재치 않을 것입니다,
새로운 여자가 새로움을 더하지 못할 테니까요.

Die, welche bilden, sind wie du.
Sie wollen Ewigkeit. Sie sagen: Stein,
sei ewig. Und das heißt: sei dein!

Und auch, die lieben, sammeln für dich ein:
Sie sind die Dichter einer kurzen Stunde,
sie küssen einem ausdruckslosen Munde
ein Lächeln auf, als formten sie ihn schöner,
und bringen Lust und sind die Angewöhner
zu Schmerzen, welche erst erwachsen machen.
Sie bringen Leiden mit in ihrem Lachen,
Sehnsüchte, welche schlafen, und erwachen,
um aufzuweinen in der fremden Brust.
Sie häufen Rätselhaftes an und sterben,
wie Tiere sterben, ohne zu begreifen, —
aber sie werden vielleicht Enkel haben,
in denen ihre grünen Leben reifen;
durch diese wirst du jene Liebe erben,
die sie sich blind und wie im Schlafe gaben.

So fließt der Dinge Überfluß dir zu.
Und wie die obern Becken von Fontänen
beständig überströmen, wie von Strähnen
gelösten Haares, in die tiefste Schale, —
so fällt die Fülle dir in deine Tale,
wenn Dinge und Gedanken übergehn.

무언가 짓는 이들은 당신과 같습니다.
그들은 영원을 소망합니다. 그들은, '돌이여
영원하라.'라고 말합니다. '당신의 것이 되라!'라고요

그리고 연인들도 당신을 위해 모읍니다.[138]
이들은 잠시 동안이나마 시인이 되어,
표정 없는 입술에 키스로 미소를 아로새겨
입술을 더 아름답게 만들어 주기 때문입니다,
그들은 기쁨을 가져오고, 사람을 비로소
성숙하게 하는 고통에 익숙한 사람들입니다.
그들은 웃음 속에 고통을 가져오고,
자다가 깨어나 낯선 가슴에 묻혀
실컷 울고 싶은 그리움을 가져옵니다,
그들은 수수께끼를 쌓아 올리고, 짐승들이
죽어 가듯 영문도 모른 채 죽어 갑니다.
하지만 아마도 손자들을 두어
그들의 푸른 삶은 이들에게서 성숙할 것입니다.
또 후손을 통해 당신은
그들이 눈먼 듯이 꿈결처럼 주고받았던
사랑을 상속받습니다.

그렇게 넘쳐 나는 사물들이 당신을 향해 흐릅니다.
그리고 분수의 상부 수조에서 물이
머리 다발에서 풀린 머리카락처럼
하부 수조로 흐르듯이,
사물들과 생각들이 넘쳐 나면

Ich bin nur einer deiner Ganzgeringen,

der in das Leben aus der Zelle sieht

und der, den Menschen ferner als den Dingen,

nicht wagt zu wägen, was geschieht.

Doch willst du mich vor deinem Angesicht,

aus dem sich dunkel deine Augen heben,

dann halte es für meine Hoffahrt nicht,

wenn ich dir sage: Keiner lebt sein Leben.

Zufälle sind die Menschen, Stimmen, Stücke,

Alltage, Ängste, viele kleine Glücke,

verkleidet schon als Kinder, eingemummt,

als Masken mündig, als Gesicht — verstummt.

Ich denke oft: Schatzhäuser müssen sein,

wo alle diese vielen Leben liegen

wie Panzer oder Sänften oder Wiegen,

in welche nie ein Wirklicher gestiegen,

und wie Gewänder, welche ganz allein

nicht stehen können und sich sinkend schmiegen

an starke Wände aus gewölbtem Stein.

Und wenn ich abends immer weiterginge

aus meinem Garten, drin ich müde bin, —

ich weiß: Dann führen alle Wege hin

그 넘치는 부분은 당신의 계곡으로 떨어집니다.

나는 당신의 아주 하찮은 존재,
골방에서 바깥세상의 삶을 내다보고
사물들보다 사람들에게서 멀리 떨어져
무슨 일이 벌어지는지 생각도 않는 자입니다.
그러나 당신이 부리부리한 검은 눈의
당신 얼굴 앞에 나를 세우려 한다면,
'아무도 자기 삶을 살지 못합니다.'라고
내가 말해도 오만이라 여기지 말아 주소서.
사람들, 목소리들, 잡다한 것들, 일상, 불안,
소소한 행복, 이것들은 우연한 것들입니다,
이미 어려서 변장하고, 성인이 되면
가면을 쓰고, 얼굴은 말을 잃었습니다.[139]

어딘가 그런 창고가 있을 것 같습니다,
이런 잡다한 삶들이 보관된 창고가.
거기엔 실제 인간이 한 번도 쓰지 않은
갑옷이나 가마나 요람 같은 것들이나,
혼자서는 버티지 못해 볼록한 돌벽에
달라붙으며 흘러내리는
의복 같은 것이 들어 있겠지요.

나를 지치게 하는 정원을 벗어나
밤마다 밖으로 나간다 해도,

zum Arsenal der ungelebten Dinge.
Dort ist kein Baum, als legte sich das Land,
und wie um ein Gefängnis hängt die Wand
ganz fensterlos in siebenfachem Ringe.
Und ihre Tore mit den Eisenspangen,
die denen wehren, welche hinverlangen,
und ihre Gitter sind von Menschenhand.

Und doch, obwohl ein jeder von sich strebt
wie aus dem Kerker, der ihn haßt und hält, —
es ist ein großes Wunder in der Welt:
ich fühle: *alles Leben wird gelebt.*

Wer lebt es denn? Sind das die Dinge, die
wie eine ungespielte Melodie
im Abend wie in einer Harfe stehn?
Sind das die Winde, die von Wassern wehn,
sind das die Zweige, die sich Zeichen geben,
sind das die Blumen, die die Düfte weben,
sind das die langen alternden Alleen?
Sind das die warmen Tiere, welche gehn,
sind das die Vögel, die sich fremd erheben?

Wer lebt es denn? Lebst du es, Gott, — das Leben?

모든 길이 결국 제 삶을 살지 못한 것들의
창고로 이어짐을 나는 압니다.
그곳엔 땅이 누운 듯 나무 한 그루 없고,
감옥 같은 담장에는 창문 하나 없이
일곱 겹의 벽으로 둘러싸여 있습니다.
그리고 문은 철근으로 되어 있어
들어가려 하는 사람을 막아서고,
창살은 인간의 손으로 만들어졌습니다.

하지만 자신을 억누르고 속박하는 감옥처럼
자신에게서 벗어나려고 각자 애쓰는 이 순간에도
세상에는 위대한 기적이 일어나고 있습니다.
다름 아니라 **모든 삶**이 살아진다는 것이죠.

누가 그런 삶을 사는가요? 그것은
연주되지 않은 선율이 하프 속에 깃들어 있듯
저녁 황혼 속에 잠겨 있는 사물들인가요?
바다에서 불어오는 바람인가요?
신호를 주고받는 나뭇가지들인가요?
향기를 엮어 내는 꽃들인가요?
늙어 가는 긴 가로수 길인가요?
걸음마를 막 시작한 온기 어린 짐승들인가요?
낯설게 날아오르는 새들인가요?

누가 그 삶을 사나요? 신이여, 당신이 그런 삶을 사나요?[140]

Du bist der Alte, dem die Haare

von Ruß versengt sind und verbrannt,

du bist der große Unscheinbare,

mit deinem Hammer in der Hand.

Du bist der Schmied, das Lied der Jahre,

der immer an dem Amboß stand.

Du bist, der niemals Sonntag hat,

der in die Arbeit Eingekehrte,

der sterben könnte überm Schwerte,

das noch nicht glänzend wird und glatt.

Wenn bei uns Mühle steht und Säge

und alle trunken sind und träge,

dann hört man deine Hammerschläge

an allen Glocken in der Stadt.

Du bist der Mündige, der Meister,

und keiner hat dich lernen sehn;

ein Unbekannter, Hergereister,

von dem bald flüsternder, bald dreister

die Reden und Gerüchte gehn.

Gerüchte gehn, die dich vermuten,

und Zweifel gehn, die dich verwischen.

Die Trägen und die Träumerischen

당신은 연기에 새카맣게 그을리고
불에 탄 머리카락의 노인입니다.
당신은 망치를 손에 든
수수한 모습의 위대한 존재입니다.
당신은 모루 옆을 떠나지 않은
대장장이, 세월의 노래입니다.

당신은 일요일을 모르는
일 속에 파묻힌 이입니다,
아직 윤이 나지도 매끄럽지도 않은
칼을 만들다가 죽을지도 모를 이입니다.
우리에게 물레방아와 톱이 있다고 해도,
모두 술에 취해서 게으름에 빠져 있을 때,
우리는 도시의 모든 종을 치는
당신의 망치질 소리를 들을 것입니다.

당신은 어른, 명장입니다,
아무도 당신이 배우는 모습을 본 적 없습니다.
당신은 미지의 존재, 먼 데서 온 손님,
당신에 대한 말과 소문이
때론 속삭이듯 때론 뻔뻔스레 떠돕니다.

당신을 추측하는 소문들이 떠돌고,
당신을 지우려는 의혹들이 불거집니다.
게으른 자들과 꿈에 취한 자들은

mißtrauen ihren eignen Gluten
und wollen, daß die Berge bluten,
denn eher glauben sie dich nicht.

Du aber senkst dein Angesicht.

Du könntest den Bergen die Adern aufschneiden
als Zeichen eines großen Gerichts;
aber dir liegt nichts
an den Heiden.

Du willst nicht streiten mit allen Listen
und nicht suchen die Liebe des Lichts;
denn dir liegt nichts
an den Christen.

Dir liegt an den Fragenden nichts.
Sanften Gesichts
siehst du den Tragenden zu.

Alle, welche dich suchen, versuchen dich.
Und die, so dich finden, binden dich
an Bild und Gebärde.

Ich aber will dich begreifen,

자신들의 열정을 믿지 아니하고
산이 피 흘리는 것을 보길 원합니다,
그 전에는 그들은 당신을 믿으려 하지 않습니다.

하지만 당신은 고개를 떨구십니다.

당신은 위대한 심판의 징표로
산맥의 핏줄을 절개할 수도 있습니다.
그러나 당신은
이교도 따위는 전혀 신경 쓰지 않습니다.

당신은 온갖 간계와 싸우려 하지 않으며
빛의 사랑도 구하지 않습니다.
기독교도들 역시 당신은
신경 쓰지 않으니까요.

의심하는 이들에게 당신은 관심이 없습니다.
부드러운 눈길로 당신은
당신을 가슴에 품는 이들을 바라봅니다.

당신을 찾는 이들은 저마다 당신을 시험합니다.
그리고 그렇게 당신을 찾은 사람들은 당신을
그림과 몸짓[141]에다 묶어 놓습니다.

그렇지만 나는 대지가 당신을 이해하듯

wie dich die Erde begreift;
mit meinem Reifen
reift
dein Reich.

Ich will von dir keine Eitelkeit,
die dich beweist.
Ich weiß, daß die Zeit
anders heißt
als du.

Tu mir kein Wunder zulieb.
Gieb deinen Gesetzen recht,
die von Geschlecht zu Geschlecht
sichtbarer sind.

Wenn etwas mir vom Fenster fällt
(und wenn es auch das Kleinste wäre)
wie stürzt sich das Gesetz der Schwere
gewaltig wie ein Wind vom Meere
auf jeden Ball und jede Beere
und trägt sie in den Kern der Welt.

Ein jedes Ding ist überwacht
von einer flugbereiten Güte

당신을 이해하렵니다.
나의 성숙과 더불어
당신의 나라도
성숙합니다.

나는 당신을 증명하려는
어떤 허영도 당신에게 바라지 않으렵니다.
시간이란 당신과는
다른 것임을
알기 때문입니다.

나를 위해 어떤 기적도 행하지 마소서.
당신의 법칙이
세대에서 세대로 이어지며
더욱 선명해지도록 해 주소서.

무언가 나의 창밖으로 떨어지면
(그것이 아주 작은 것일지라도)
바다에서 불어오는 바람처럼 중력의 법칙이
공이든 열매든 이를 향해
와락 달려들어
이것들을 세계의 중심으로 데려갑니다.

사물 하나하나마다
날 준비가 된 선의가 지키고 있습니다,

wie jeder Stein und jede Blüte
und jedes kleine Kind bei Nacht.
Nur wir, in unsrer Hoffahrt, drängen
aus einigen Zusammenhängen
in einer Freiheit leeren Raum,
statt, klugen Kräften hingegeben,
uns aufzuheben wie ein Baum.
Statt in die weitesten Geleise
sich still und willig einzureihn,
verknüpft man sich auf manche Weise, —
und wer sich ausschließt jedem Kreise,
ist jetzt so namenlos allein.

Da muß er lernen von den Dingen,
anfangen wieder wie ein Kind,
weil sie, die Gott am Herzen hingen,
nicht von ihm fortgegangen sind.
Eins muß er wieder können: *fallen,*
geduldig in der Schwere ruhn,
der sich vermaß, den Vögeln allen
im Fliegen es zuvorzutun.

(Denn auch die Engel fliegen nicht mehr.
Schweren Vögeln gleichen die Seraphim,
welche um *ihn* sitzen und sinnen;
Trümmern von Vögeln, Pinguinen

어떤 돌이든 어떤 꽃이든,
한밤중의 어린아이든.
다만 우리만이 주제넘게
우리의 연관에서 벗어나
자유의 공허한 공간으로 몰려갑니다,[142]
현명한 힘에 몸을 맡기고 자신을
한 그루 나무처럼 일으켜 세우는 대신.
가만히 그리고 기꺼이
더없이 광대한 궤도로 들어서는 대신,
사람들은 온갖 방법으로 편을 짭니다.
그리고 모든 동아리에서 내쫓긴 자는
지금 말할 수 없이 혼자입니다.

이제 그는 사물들에게 배워야 합니다.
아이처럼 처음부터 다시 시작해야 합니다.
사물들은 신의 마음에 매달려 있어서
신에게서 떠난 적이 없기 때문입니다.
어떤 새보다 잘 날 수 있다고 뻐기던 자,
그는 한 가지를 다시 배워야 합니다,
떨어지는 것,
참을성 있게 중력 속에 머무는 법을.[143]

(천사들도 이젠 날지 않으니까요.
치천사는 신 주위에 앉아 생각에 잠긴,
몸이 무거운 새들과 같습니다;
기능이 쇠퇴한

gleichen sie, wie sie verkümmern...)

Du meinst die Demut. Angesichter
gesenkt in stillem Dichverstehn.
So gehen abends junge Dichter
in den entlegenen Alleen.
So stehn die Bauern um die Leiche,
wenn sich ein Kind im Tod verlor, —
und was geschieht, ist doch das Gleiche:
es geht ein Übergroßes vor.

Wer dich zum erstenmal gewahrt,
den stört der Nachbar und die Uhr,
der geht, gebeugt zu deiner Spur,
und wie beladen und bejahrt.
Erst später naht er der Natur
und fühlt die Winde und die Fernen,
hört dich, geflüstert von der Flur,
sieht dich, gesungen von den Sternen,
und kann dich nirgends mehr verlernen,
und alles ist dein Mantel nur.

Ihm bist du neu und nah und gut
und wunderschön wie eine Reise,
die er in stillen Schiffen leise

새들의 잔해, 펭귄과 같습니다……)

당신은 겸손을 말합니다, 당신을
깊이 이해하려면 고개를 떨구라고.
저녁이면 그렇게 젊은 시인들은
인적 없는 가로수 길을 걷습니다.
어린 자식을 죽음으로 잃으면 그렇게
농부들은 주검 주위에 서 있습니다,[144]
그때마다 일어나는 것은 똑같은 일,
뭔가 믿을 수 없는 엄청난 일[145]입니다.

당신을 처음으로 알아본 사람을
이웃과 시계는 가만두지 않습니다.
그 사람은 당신의 흔적을 찾으려고
짐 진 듯 늙은 듯 등을 구부리고 다닙니다.
한참 뒤에야 그는 자연에 다가가
바람과 먼 곳을 느끼며,
평원의 속삭임에서 당신을 듣고,
별들의 노래에서 당신을 보며,
어디서도 당신을 잊는 법이 없습니다,
모든 것이 당신의 외투이니까요.

그에게 당신은 새롭고 가까우며 좋은 존재입니다.
그리고 그의 눈에 당신은 큰 강을 따라
조용한 배를 타고 고요히 흘러가는

auf einem großen Flusse tut.
Das Land ist weit, in Winden, eben,
sehr großen Himmeln preisgegeben
und alten Wäldern untertan.
Die kleinen Dörfer, die sich nahn,
vergehen wieder wie Geläute
und wie ein Gestern und ein Heute
und so wie alles, was wir sahn.
Aber an dieses Stromes Lauf
stehn immer wieder Städte auf
und kommen wie auf Flügelschlägen
der feierlichen Fahrt entgegen.

Und manchmal lenkt das Schiff zu Stellen,
die einsam, sonder Dorf und Stadt,
auf etwas warten an den Wellen, —
auf den, der keine Heimat hat...
Für solche stehn dort kleine Wagen
(ein jeder mit drei Pferden vor),
die atemlos nach Abend jagen
auf einem Weg, der sich verlor.

In diesem Dorfe steht das letzte Haus
so einsam wie das letzte Haus der Welt.

여행처럼 눈부시게 아름답습니다.
땅은 광활하고, 바람이 불고, 평평하고,
아주 큰 하늘의 품속에 안겨 있고,
오래된 숲에 순종하고 있습니다.
다가오는 작은 마을들은
종소리처럼,
어제와 오늘처럼,
우리가 본 모든 것처럼 다시 사라집니다.
그러나 이 강의 흐름을 따라
도시들은 계속 일어나면서
마치 날갯짓하듯
우리의 장엄한 여행을 맞이합니다.

그리고 때로 배는 외딴곳을 향합니다,
마을과 도시에서 멀리 떨어져
쓸쓸하고 물결 너머로 무언가를,
고향 잃은 누군가를 기다리는 곳으로.[146]
그들을 위해 작은 마차들이 마련되어 있습니다
(마차마다 세 마리의 말이 끕니다),
마차들은 숨 가쁘게 저녁을 향해
잃어버린 길을 따라 질주합니다.

이 마을에 마지막 집이 서 있다,[147]
세상의 맨 끄트머리 집인 양 쓸쓸하게.

Die Straße, die das kleine Dorf nicht hält,
geht langsam weiter in die Nacht hinaus.

Das kleine Dorf ist nur ein Übergang
zwischen zwei Weiten, ahnungsvoll und bang,
ein Weg an Häusern hin statt eines Stegs.

Und die das Dorf verlassen, wandern lang,
und viele sterben vielleicht unterwegs.

Manchmal steht einer auf beim Abendbrot
und geht hinaus und geht und geht und geht, —
weil eine Kirche wo im Osten steht.

Und seine Kinder segnen ihn wie tot.

Und einer, welcher stirbt in seinem Haus,
bleibt drinnen wohnen, bleibt in Tisch und Glas,
so daß die Kinder in die Welt hinaus
zu jener Kirche ziehn, die er vergaß.

Nachtwächter ist der Wahnsinn,
weil er wacht.
Bei jeder Stunde bleibt er lachend stehn,

이 작은 마을은 길을 붙잡지 않으며,
길은 느리게 밤을 향해 뻗어 나간다.

이 작은 마을은 두 광대한 세계 사이의
예감과 두려움이 서려 있는 통로이며,
잔교가 아니라 집들을 따라가는 길이다.

이 마을을 떠난 사람들은 오래 헤매다가
어쩌면 대부분은 도중에서 죽음을 맞으리라.

때로 저녁 식사 중에 누군가 자리에서 일어나
밖으로 나가 한없이 걷고 또 걷고 또 걷습니다.
동쪽 어디엔가 교회 하나 있다 들었기 때문입니다.

자식들은 그가 죽은 것처럼 그를 축복합니다.

그리고 또 누군가는 자기 집에서 죽어서
집에 머물며 식탁과 유리잔에 남아 있습니다.
그러면 자식들이 세상 밖으로 나가
그가 잊었던 그 교회를 향해 가는 것입니다.

야경꾼은 광기와 같습니다,
늘 깨어 있으니까요.[148]
매시간 그는 웃는 얼굴로 서 있습니다,

und einen Namen sucht er für die Nacht
und nennt sie: sieben, achtundzwanzig, zehn...

Und ein Triangel trägt er in der Hand,
und weil er zittert, schlägt es an den Rand
des Horns, das er nicht blasen kann, und singt
das Lied, das er zu allen Häusern bringt.

Die Kinder haben eine gute Nacht
und hören träumend, daß der Wahnsinn wacht.
Die Hunde aber reißen sich vom Ring
und gehen in den Häusern groß umher
und zittern, wenn er schon vorüberging,
und fürchten sich vor seiner Wiederkehr.

Weißt du von jenen Heiligen, mein Herr?

Sie fühlen auch verschloßne Klosterstuben
zu nahe an Gelächter und Geplärr,
so daß sie tief sich in die Erde gruben.

Ein jeder atmete mit seinem Licht
die kleine Luft in seiner Grube aus,
vergaß sein Alter und sein Angesicht
und lebte wie ein fensterloses Haus

그리고 밤에 어울리는 이름을 찾아
이렇게 불러 봅니다, 일곱, 스물여덟, 열……

그리고 손에는 트라이앵글이 들려 있고,
몸이 떨리는 바람에 트라이앵글이
불 줄 모르는 뿔피리의 한쪽을 건드립니다,
그가 부르는 노랫소리 집마다 울려 퍼집니다.

아이들은 편안한 잠을 자며
꿈결에 광기가 지키는 소리를 듣습니다.
하지만 개들[149]은 줄을 벗어 버리고
집들 사이로 이리저리 돌아다니며
야경꾼은 지나갔지만 부르르 떨며
행여 그가 돌아올까 두려워합니다.

나의 주여, 그 성자들을 아시나이까?[150]

이들은 밀폐된 수도원의 골방마저도
웃음소리, 소란과 너무 가깝다고 여겨
땅속 깊이 파고 들어가 몸을 숨겼습니다.

저마다 하나씩 등불을 들고
동굴의 적은 공기를 호흡했으며,
나이와 얼굴도 잊고
창문 없는 집처럼 살았으며

und starb nichtmehr, als wär er lange tot.

Sie lasen selten; alles war verdorrt,

als wäre Frost in jedes Buch gekrochen,

und wie die Kutte hing von ihren Knochen,

so hing der Sinn herab von jedem Wort.

Sie redeten einander nichtmehr an,

wenn sie sich fühlten in den schwarzen Gängen,

sie ließen ihre langen Haare hängen,

und keiner wußte, ob sein Nachbarmann

nicht stehend starb.

In einem runden Raum,

wo Silberlampen sich von Balsam nährten,

versammelten sich manchmal die Gefährten

vor goldnen Türen wie vor goldnen Gärten

und schauten voller Mißtraun in den Traum

und rauschten leise mit den langen Bärten.

Ihr Leben war wie tausend Jahre groß,

seit es sich nichtmehr schied in Nacht und Helle;

sie waren, wie gewälzt von einer Welle,

zurückgekehrt in ihrer Mutter Schoß.

Sie saßen rundgekrümmt wie Embryos

mit großen Köpfen und mit kleinen Händen

und aßen nicht, als ob sie Nahrung fänden

aus jener Erde, die sie schwarz umschloß.

오래전에 죽은 듯 더는 죽지도 않았습니다.

책도 거의 읽지 않았으며, 책마다 서리가
서린 듯 모든 것이 이울어 버렸습니다,
그리고 그들의 뼈에 걸쳐 있는 의복처럼
낱말마다 의미도 겨우 매달려 있었습니다.
깜깜한 동굴에서 서로 몸이 부딪쳐도
말 한마디 건네지 않았습니다.
긴 머리를 치렁치렁 늘어뜨리고,
옆에 있는 사람이 선 채로
죽어 가는지 아무도 몰랐습니다.
            향유를 머금으며
은빛 등이 타고 있는 둥그런 방,
황금의 문과 황금의 정원 앞에
가끔 동료 수도사들이 함께 모여
꿈속을 의심 가득한 눈으로 들여다보며
긴 수염으로 사각대는 소리를 냈습니다.

밤과 낮이 더는 구별되지 않은 이후로
그들은 천 년 이상을 산 것 같았습니다.
그들은 파도에 밀려 나뒹굴듯
어머니의 자궁 속으로 되돌아갔습니다.
커다란 머리에 조그만 손을 가진
태아처럼 둥글게 몸을 말고 앉아 있었습니다.
그리고 마치 그들을 검게 감싸고 있는 땅에서
양분을 취하는 듯 아무것도 먹지 않았습니다,

Jetzt zeigt man sie den tausend Pilgern, die
aus Stadt und Steppe zu dem Kloster wallen.
Seit dreimal hundert Jahren liegen sie,
und ihre Leiber können nicht zerfallen.
Das Dunkel häuft sich wie ein Licht das rußt,
auf ihren langen lagernden Gestalten,
die unter Tüchern heimlich sich erhalten, —
und ihrer Hände ungelöstes Falten
liegt ihnen wie Gebirge auf der Brust.

Du großer alter Herzog des Erhabnen:
hast du vergessen, diesen Eingegrabnen
den Tod zu schicken, der sie ganz verbraucht,
weil sie sich tief in Erde eingetaucht?
Sind die, die sich Verstorbenen vergleichen,
am ähnlichsten der Unvergänglichkeit?
Ist das das große Leben deiner Leichen,
das überdauern soll den Tod der Zeit?

Sind sie dir noch zu deinen Plänen gut?
Erhältst du unvergängliche Gefäße,
die du, der allen Maßen Ungemäße,
einmal erfüllen willst mit deinem Blut?

이제 도시와 초원에서 그 수도원을 향해
구름처럼 몰려든 순례자들이 그들을 바라봅니다.
삼백 년 동안이나 그들은 누워 있습니다,
그들의 육체는 썩지 않을 것입니다.
어둠은 검게 그을린 빛처럼,
천으로 은밀하게 싸여 있는
길게 누운 그들의 형체 위로 떨어져 쌓입니다.
그리고 가지런히 합장한 두 손은
가슴 위에 산처럼 놓여 있습니다.

당신, 위대하고 거룩한 늙은 대공이시여,
당신은 땅속 깊이 들어간 까닭에
그들을 완전히 소모시킬 죽음을
땅속에 숨은 그들에게 보내는 걸 잊었나요?
죽은 이들과 비슷해져 가는 자들이
불멸에 가장 가까운 것인가요?
당신을 섬겨 잘 보존된 시신들이
시간의 죽음을 넘어선 진정한 승리자인가요?

그들은 여전히 당신의 계획을 따르는 건가요?
당신은 언젠가 당신의 피로
철철 넘치도록 채우고 싶은
불멸의 그릇을 얻으셨나요?

Du bist die Zukunft, großes Morgenrot
über den Ebenen der Ewigkeit.
Du bist der Hahnschrei nach der Nacht der Zeit,
der Tau, die Morgenmette und die Maid,
der fremde Mann, die Mutter und der Tod.

Du bist die sich verwandelnde Gestalt,
die immer einsam aus dem Schicksal ragt,
die unbejubelt bleibt und unbeklagt
und unbeschrieben wie ein wilder Wald.

Du bist der Dinge tiefer Inbegriff,
der seines Wesens letztes Wort verschweigt
und sich den Andern immer anders zeigt:
dem Schiff als Küste und dem Land als Schiff.

Du bist das Kloster zu den Wundenmalen.
Mit zweiunddreißig alten Kathedralen
und fünfzig Kirchen, welche aus Opalen
und Stücken Bernstein aufgemauert sind.
Auf jedem Ding im Klosterhofe
liegt deines Klanges eine Strophe,
und das gewaltige Tor beginnt.

In langen Häusern wohnen Nonnen,

당신은 미래, 영원의 평원 위에 드리우는
위대한 아침노을.
당신은 시간의 밤이 지나 들리는 닭 울음소리,
이슬, 아침 미사 그리고 처녀,
낯선 사나이, 어머니 그리고 죽음입니다.

당신은 모습을 바꾸는 형상입니다,
언제나 운명에서 고독하게 솟아올라,
환호의 소리도 비탄의 소리도 없이
원초의 숲처럼 기록되지 않은 채 있습니다.

당신은 사물들의 깊은 정수입니다,
본질의 마지막 말은 하지 않는,
상대방에게 언제나 다르게 보이는,
배에선 해안으로, 육지에선 배로.

당신은 성흔이 내린 수도원입니다.
오팔과 호박 조각으로 담을 두른
서른둘의 오래된 성당과
쉰의 교회가 함께 서 있습니다.[151]
수도원 뜰에는 사물마다
당신의 음향이 한 소절씩 깃들어 있고,
그 위로 거대한 문이 시작됩니다.

길게 늘어선 집에는 수녀들이,

Schwarzschwestern, siebenhundertzehn.

Manchmal kommt eine an den Bronnen,

und eine steht wie eingesponnen,

und eine, wie in Abendsonnen,

geht schlank in schweigsamen Alleen.

Aber die Meisten sieht man nie;

sie bleiben in der Häuser Schweigen

wie in der kranken Brust der Geigen

die Melodie, die keiner kann...

Und um die Kirchen rings im Kreise,

von schmachtendem Jasmin umstellt,

sind Gräberstätten, welche leise

wie Steine reden von der Welt.

Von jener Welt, die nichtmehr ist,

obwohl sie an das Kloster brandet,

in eitel Tag und Tand gewandet

und gleichbereit zu Lust und List.

Sie ist vergangen: denn du bist.

Sie fließt noch wie ein Spiel von Lichtern

über das teilnahmslose Jahr;

doch dir, dem Abend und den Dichtern

sind, unter rinnenden Gesichtern,

칠백십의 검은 자매들이 살고 있습니다.
가끔 수녀 하나 샘으로 나오고,
또 한 수녀는 거미줄에 걸린 듯 서 있고,
또 다른 수녀는 저녁 햇살 속을 가듯
가냘픈 몸매로 말 없는 가로수 길을 갑니다.

그러나 대부분 수녀는 좀체 보이지 않습니다.
그들은 집들의 침묵 속에 남아 있습니다,
아무도 켤 수 없는 선율이
바이올린의 병든 가슴속에 잠들어 있듯이……

그리고 교회 주위로는 둥그렇게 원을 그리며,
그리움에 애타는 재스민에 둘러싸인 채,
돌처럼 무거운 소리로 세상을 말하는
묘지들이 늘어서 있습니다.
파도처럼 몰려와 수도원 담벼락에 부딪치지만,
이제는 가 볼 수 없는 그 세상을 이야기합니다,
헛된 날과 허영에 물든 이 세상은
모두 쾌락과 속임수를 향합니다.

그 세상은 흘러갔습니다, 당신이 존재하니까요.

그 세상은 빛들의 유희처럼 지금도
무심한 세월 위로 흐르고 있습니다.
하지만 당신, 저녁 그리고 시인들은
천천히 흘러가는 환각 속에서

die dunkeln Dinge offenbar.

Die Könige der Welt sind alt
und werden keine Erben haben.
Die Söhne sterben schon als Knaben,
und ihre bleichen Töchter gaben
die kranken Kronen der Gewalt.

Der Pöbel bricht sie klein zu Geld,
der zeitgemäße Herr der Welt
dehnt sie im Feuer zu Maschinen,
die seinem Wollen grollend dienen;
aber das Glück ist nicht mit ihnen.

Das Erz hat Heimweh. Und verlassen
will es die Münzen und die Räder,
die es ein kleines Leben lehren.
Und aus Fabriken und aus Kassen
wird es zurück in das Geäder
der aufgetanen Berge kehren,
die sich verschließen hinter ihm.

Alles wird wieder groß sein und gewaltig.
Die Lande einfach und die Wasser faltig,

검은 사물들의 진짜 모습을 봅니다.

세상의 왕들은 늙었습니다.
후사(後嗣) 하나 두지 못할 것입니다.
아들들은 이미 어려서 죽었고
창백한 딸들은 병든 왕관을
폭력의 손에 넘겨 버렸습니다.

폭도는 왕관을 잘게 쪼개 돈을 만들고,
이 세상의 새로운 주인은
그것을 불에 달구어 저희 뜻에
투덜대며 따르는 기계를 만듭니다.
그러나 행복은 그들과 함께하지 않습니다.

금속은 고향을 그리워합니다.
작은 삶만을 가르치는
동전과 바퀴를 떠나고 싶어 합니다.
언젠가 공장과 금고에서 뛰쳐나와
열린 산들의 핏줄 속으로
다시 들어갈 것입니다,
그러면 그 뒤로 산은 닫힐 것입니다.

모든 것이 다시 커지고 힘을 얻게 될 것입니다.
땅은 소박해지고 물은 굽이쳐 흘러서

die Bäume riesig und sehr klein die Mauern;
und in den Tälern, stark und vielgestaltig,
ein Volk von Hirten und von Ackerbauern.

Und keine Kirchen, welche Gott umklammern
wie einen Flüchtling und ihn dann bejammern
wie ein gefangenes und wundes Tier, —
die Häuser gastlich allen Einlaßklopfern
und ein Gefühl von unbegrenztem Opfern
in allem Handeln und in dir und mir.

Kein Jenseitswarten und kein Schaun nach drüben,
nur Sehnsucht, auch den Tod nicht zu entweihn
und dienend sich am Irdischen zu üben,
um seinen Händen nicht mehr neu zu sein.

Auch du wirst groß sein. Größer noch als einer,
der jetzt schon leben muß, dich sagen kann.
Viel ungewöhnlicher und ungemeiner
und noch viel älter als ein alter Mann.

Man wird dich fühlen: daß ein Duften ginge
aus eines Gartens naher Gegenwart;
und wie ein Kranker seine liebsten Dinge
wird man dich lieben ahnungsvoll und zart.

나무들은 거대해지고 담들은 아주 낮아질 것입니다.
그리고 계곡마다 목동과 농부들이
건장한 여러 모습으로 모여들 것입니다.[152]

그리고 신을 도망자처럼 붙잡아
사로잡힌 짐승처럼 상처를 주고는
슬퍼하는 교회 하나 없을 것입니다,
집마다 찾아오는 손님들을 반기고
가없는 희생의 정만이 모든 행동에,
그대와 나의 가슴에 깃듭니다.

저쪽을 바라지도 넘보지도 않으며,
죽음마저 욕되게 하려 하지 않는 마음,
지상의 일에 착실하게 봉사하며
손을 새롭게 하지 않는 마음만 있습니다.

당신 또한 위대해질 것입니다. 지금 여기 살아서
당신을 말할 수 있는 자보다 더 위대해질 것입니다.
훨씬 더 비범하고 대단할 것입니다,
노인보다도 훨씬 더 나이가 많을 것입니다.

지금 가까이 정원 하나 있어, 거기서 향기가
피어오르면 사람들은 당신을 느낄 것입니다.
환자가 소중히 아끼는 자기 물건을 대하듯
모두 지극한 마음으로 당신을 사랑할 것입니다.

Es wird kein Beten geben, das die Leute
zusammenschart. Du *bist* nicht im Verein;
und wer dich fühlte und sich an dir freute,
wird wie der Einzige auf Erden sein:
Ein Ausgestoßener und ein Vereinter,
gesammelt und vergeudet doch zugleich;
ein Lächelnder und doch ein Halbverweinter,
klein wie ein Haus und mächtig wie ein Reich.

Es wird nicht Ruhe in den Häusern, sei's
daß einer stirbt und sie ihn weitertragen,
sei es daß wer auf heimliches Geheiß
den Pilgerstock nimmt und den Pilgerkragen,
um in der Fremde nach dem Weg zu fragen,
auf welchem er dich warten weiß.

Die Straßen werden derer niemals leer,
die zu dir wollen wie zu jener Rose,
die alle tausend Jahre einmal blüht.
Viel dunkles Volk und beinah Namenlose,
und wenn sie dich erreichen, sind sie müd.

Aber ich habe ihren Zug gesehn;
und glaube seither, daß die Winde wehn

사람들을 한곳에 모으는 기도도 없을 것입니다.
당신은 집단에는 임(臨)하지 않으니까요.
그리고 당신을 느끼고 당신으로 기쁜 사람은
이 세상에서 유일한 자와 같을 것입니다,
무리에서 내쫓긴 자이면서 함께하는 자,
비축된 자이며 동시에 탕진된 자,
미소 띤 자이면서 막 울음을 터트리는 자입니다,
그는 오두막처럼 작으면서 왕국처럼 강력할 것입니다.

집마다 평온은 사라질 것이며
사람이 죽으면 멀리 나를 것입니다.
누군가 은밀한 계시에 따라
순례의 지팡이를 들고 순례의 옷깃을 여미며
낯선 고장에서 길을 물어
그 길에서 당신을 기다릴 것입니다.

천 년에 한 번 피는 장미 같은
당신을 향해 가는 사람들로
그 길은 온통 붐빌 것입니다.
어둠에 싸인 사람들, 이름조차 없는 사람들입니다.
그리고 당신께 이르면 그들은 지쳐 있을 것입니다.

나는 그들의 행렬을 보았습니다.
그들의 외투가 움직일 때면 바람이 일고

aus ihren Mänteln, welche sich bewegen,
und stille sind wenn sie sich niederlegen — :
so groß war in den Ebenen ihr Gehn.

So möcht ich zu dir gehn: von fremden Schwellen
Almosen sammelnd, die mich ungern nähren.
Und wenn der Wege wirrend viele wären,
so würd ich mich den Ältesten gesellen.
Ich würde mich zu kleinen Greisen stellen,
und wenn sie gingen, schaut ich wie im Traum,
daß ihre Kniee aus der Bärte Wellen
wie Inseln tauchen, ohne Strauch und Baum.

Wir überholten Männer, welche blind
mit ihren Knaben wie mit Augen schauen,
und Trinkende am Fluß und müde Frauen
und viele Frauen, welche schwanger sind.
Und alle waren mir so seltsam nah, —
als ob die Männer einen Blutsverwandten,
die Frauen einen Freund in mir erkannten,
und auch die Hunde kamen, die ich sah.

Du Gott, ich möchte viele Pilger sein,
um so, ein langer Zug, zu dir zu gehn,

그들이 누울 때는 고요하다는 것을
그 이후로 알았습니다.
광야를 가는 그들의 모습은 그렇듯 장엄했습니다.

이렇게 당신에게 가렵니다, 낯선 문턱에서
보시를 받아 겨우 목숨을 유지하면서.
그리고 길이 많아 혼란스러우면
나이가 지긋한 사람들과 함께하겠습니다.
조그만 백발의 노인들과 길동무가 되겠습니다,
그리고 그들이 걸을 때면, 꿈결에서 보듯,
물결치는 수염 사이로 그들의 무릎이
덤불도 나무도 없는 섬처럼 떠오릅니다.

우리는 눈 대신 자기 아이들에게 의지하여
앞을 보는 눈먼 남자들을 앞질렀습니다,
강에서 목을 축이는 사람들과 지친 여인들을,
그리고 아이를 밴 숱한 여인들을 앞질렀습니다.
모두 이상하리만큼 나와 가깝게 느껴졌습니다.
남자들은 피를 나눈 친척 같았고
여자들은 나를 남자 친구로 여겼습니다.
내가 본 개들까지 나를 쫓아왔습니다.

당신 신이여, 나는 많은 순례자가 되고 싶습니다.
그렇게 긴 행렬이 되어 당신을 향해 가렵니다,

und um ein großes Stück von dir zu sein:
du Garten mit den lebenden Alleen.
Wenn ich so gehe wie ich bin, allein, —
wer merkt es denn? Wer *sieht* mich zu dir gehn?
Wen reißt es hin? Wen regt es auf, und wen
bekehrt es dir?
       Als wäre nichts geschehn,
— lachen sie weiter. Und da bin ich froh,
daß ich so gehe wie ich bin; denn so
kann keiner von den Lachenden mich sehn.

Bei Tag bist du das Hörensagen,
das flüsternd um die Vielen fließt;
die Stille nach dem Stundenschlagen,
welche sich langsam wieder schließt.

Jemehr der Tag mit immer schwächern
Gebärden sich nach Abend neigt,
jemehr bist du, mein Gott. Es steigt
dein Reich wie Rauch aus allen Dächern.

Ein Pilgermorgen. Von den harten Lagern,
auf das ein jeder wie vergiftet fiel,
erhebt sich bei dem ersten Glockenspiel

그리고 당신의 커다란 한 조각이 되고 싶습니다,
당신, 살아 있는 가로수 길이 있는 정원이여.
내가 이렇듯 홀로 간다면,
누가 알까요? 당신을 향해 가는 나를 누가 **볼까요?**
누구의 마음을 끌까요? 누구를 흔들어 놓을까요?
누구를 당신께 개종케 할까요?
　　　　　아무 일도 일어나지 않은 것처럼
그들은 계속해서 웃습니다. 그리고 나는
나의 모습대로 간다는 것이 즐겁습니다,
웃는 자들 가운데 아무도 나를 볼 수 없으니까요.

낮에는 당신은 많은 사람들 사이에서
나직한 귓속말로 퍼지는 소문입니다.
당신은 시간의 종소리가 사라진 후에
서서히 다시 닫히는 정적입니다.

낮이 점점 약해져 가는 몸짓으로
저녁을 향해 기울어 갈수록,
신이여, 당신은 더욱 커집니다. 지붕마다
연기가 피어나듯 당신의 왕국이 솟아오릅니다.

어느 순례의 아침. 첫 종소리가 울리자
사람들은 극약을 먹은 듯 쓰러졌던
딱딱한 잠자리에서 벌떡 일어납니다,

ein Volk von hagern Morgensegen-Sagern,

auf das die frühe Sonne niederbrennt:

Bärtige Männer, welche sich verneigen,

Kinder, die ernsthaft aus den Pelzen steigen,

und in den Mänteln, schwer von ihrem Schweigen,

die braunen Fraun von Tiflis und Taschkent.

Christen mit den Gebärden des Islam

sind um die Brunnen, halten ihre Hände

wie flache Schalen hin, wie Gegenstände,

in die die Flut wie eine Seele kam.

Sie neigen das Gesicht hinein und trinken,

reißen die Kleider auf mit ihrer Linken

und halten sich das Wasser an die Brust,

als wärs ein kühles weinendes Gesicht,

das von den Schmerzen auf der Erde spricht.

Und diese Schmerzen stehen ringsumher

mit welken Augen; und du weißt nicht wer

sie sind und waren. Knechte oder Bauern,

vielleicht Kaufleute, welche Wohlstand sahn,

vielleicht auch laue Mönche, die nicht dauern,

und Diebe, die auf die Versuchung lauern,

offene Mädchen, die verkümmert kauern,

und Irrende in einem Wald von Wahn — :

아침 기도를 읊조리는 깡마른 사람들,
그들 위로 이른 아침 햇살이 타듯 내리쬡니다.

허리 굽혀 인사를 나누는 긴 수염의 남자들,
양털 목도리 위로 진지한 얼굴을 내민 아이들,
그리고 침묵으로 한결 무거워 보이는 외투를 입은
트빌리시[153]와 타슈켄트[154]에서 온 갈색의 여인들.
회교도 몸짓의 기독교도들은
우물가에 몰려들어[155] 그들의 두 손을
평평한 사발처럼, 그릇처럼 내밉니다,
거기엔 영혼처럼 물이 가득 담깁니다.

그들은 우물 안으로 머리를 숙여 물을 마시고,
왼손으로는 옷깃을 풀어 젖혀
지상의 고통을 말하다 울어
촉촉해진 얼굴을 쓸어안듯
가슴으로 물을 끌어안습니다.

그리고 이런 고통의 모습은 곳곳에 있습니다,
시든 눈빛을 한 채. 당신은 모릅니다, 그들이
어떤 사람들인지. 머슴인지 농부인지,
혹은 한때 영화를 누렸던 상인인지,
혹은 항심도 열의도 없는 수도사들인지,
그리고 기회를 엿보는 도둑들인지,
허약해져 웅크린 개방적인 소녀들인지,
광기의 숲을 헤매는 정신병자들인지.

alle wie Fürsten, die in tiefem Trauern
die Überflüsse von sich abgetan.
Wie Weise alle, welche viel erfahren,
Erwählte, welche in der Wüste waren,
wo Gott sie nährte durch ein fremdes Tier;
Einsame, die durch Ebenen gegangen
mit vielen Winden an den dunklen Wangen,
von einer Sehnsucht fürchtig und befangen
und doch so wundersam erhöht von ihr.
Gelöste aus dem Alltag, eingeschaltet
in große Orgeln und in Chorgesang,
und Knieende, wie Steigende gestaltet;
Fahnen mit Bildern, welche lang
verborgen waren und zusammgefaltet:

Jetzt hängen sie sich langsam wieder aus.

Und manche stehn und schaun nach einem Haus,
darin die Pilger, welche krank sind, wohnen;
denn eben wand sich dort ein Mönch heraus,
die Haare schlaff und die Sutane kraus,
das schattige Gesicht voll kranker Blaus
und ganz verdunkelt von Dämonen.

Er neigte sich, als bräch er sich entzwei,
und warf sich in zwei Stücken auf die Erde,

이들은 모두 깊은 슬픔에 잠겨
호사를 던져 버린 제후들 같습니다.
많은 것을 경험한 현자 같고,
신이 낯선 짐승을 통해 먹을 것을 준[156]
황야를 헤매던 선택된 자들 같습니다.
이들은 어두운 뺨에 숱한 바람을 맞으며
두렵도록 그리움에 사로잡히면서도
그리움으로 놀랍도록 고양되어
광야를 건넌 고독한 사람들입니다.
위대한 오르간과 찬미가에 취해
일상에서 풀려난 사람들입니다.
오르는 자처럼 그려진 무릎 꿇은 자들입니다.
이들은 오랫동안 숨겨진 채 접혀 있던,
그림들이 담긴 깃발들입니다:

이제 서서히 다시 펼쳐지기 시작합니다.

그리고 몇몇은 서서
병든 순례자들이 머무는 집을 바라봅니다,
방금 그곳에서 수도사가 뛰쳐나온 탓입니다,
머리카락은 헝클어지고, 수도복은 구겨졌으며,
그늘진 얼굴엔 병들어 검푸른 빛이 가득했고,
악마에 홀린 듯 짙게 어둠이 깔린 표정이었습니다.

그는 몸을 둘로 쪼개려는 듯 구부렸고,
두 조각이 되어 땅에 넙죽 엎드렸습니다,

die jetzt an seinem Munde wie ein Schrei
zu hängen schien und so als sei
sie seiner Arme wachsende Gebärde.

Und langsam ging sein Fall an ihm vorbei.

Er flog empor, als ob er Flügel spürte,
und sein erleichtertes Gefühl verführte
ihn zu dem Glauben seiner Vogelwerdung.
Er hing in seinen magern Armen schmal,
wie eine schiefgeschobne Marionette,
und glaubte, daß er große Schwingen hätte
und daß die Welt schon lange wie ein Tal
sich ferne unter seinen Füßen glätte.
Ungläubig sah er sich mit einem Mal
herabgelassen auf die fremde Stätte
und auf den grünen Meergrund seiner Qual.
Und war ein Fisch und wand sich schlank und schwamm
durch tiefes Wasser, still und silbergrau,
sah Quallen hangen am Korallenstamm
und sah die Haare einer Meerjungfrau,
durch die das Wasser rauschte wie ein Kamm.
Und kam zu Land und war ein Bräutigam
bei einer Toten, wie man ihn erwählt,
damit kein Mädchen fremd und unvermählt
des Paradieses Wiesenland beschritte.

땅은 이제 마치 절규처럼 그의 입에
매달려 있는 것처럼 보였고,
그의 양팔에서 자라난 몸짓 같았습니다.

쓰러진 그의 모습은 천천히 그를 떠나고 있었습니다.

그는 날개를 느낀 듯 훌쩍 날아올랐습니다,
그리고 가벼워진 그의 감정은 스스로
새가 된 듯한 착각에 빠지게 했습니다.
그는 비스듬히 기울어진 꼭두각시처럼
그의 가는 두 팔에 매달려 있었습니다,
그리고 스스로 세차게 날갯짓을 한 듯
이 세상이 이미 오래전에 계곡처럼
발치 아래로 떨어져 나간 것 같았습니다.
그는 믿기지 않는 눈으로 자신이
단숨에 어느 낯선 고장에,
자신의 고통의 푸른 해저에 와 있음을 깨달았습니다.
그리고 한 마리 물고기가 되어 날렵하게
고요한 은회색 깊은 물 속에서 헤엄쳤습니다.
산호 줄기에 매달린 해파리를 보았습니다,
그리고 인어의 머리카락을 보았습니다, 빗처럼
인어의 머리카락 사이로 물이 빠져나갔습니다.
그러다가 뭍으로 나와, 어느 죽은 여인의
신랑이 되었습니다, 어떤 처녀도 짝을 찾지 못한
어색한 모습으로 낙원의 초원에
발을 들여놓지 않게 선택된 것 같았습니다.[157]

Er folgte ihr und ordnete die Tritte

und tanzte rund, sie immer in der Mitte,

und seine Arme tanzten rund um ihn.

Dann horchte er, als wäre eine dritte

Gestalt ganz sachte in das Spiel getreten,

die diesem Tanzen nicht zu glauben schien.

Und da erkannte er: jetzt mußt du beten;

denn dieser ist es, welcher den Propheten

wie eine große Krone sich verliehn.

Wir halten ihn, um den wir täglich flehten,

wir ernten ihn, den einstens Ausgesäeten,

und kehren heim mit ruhenden Geräten

in langen Reihen wie in Melodien.

Und er verneigte sich ergriffen, tief.

Aber der Alte war, als ob er schliefe,

und sah es nicht, obwohl sein Aug nicht schlief.

Und er verneigte sich in solche Tiefe,

daß ihm ein Zittern durch die Glieder lief.

Aber der Alte ward es nicht gewahr.

Da faßte sich der kranke Mönch am Haar

und schlug sich wie ein Kleid an einen Baum.

Aber der Alte stand und sah es kaum.

그는 그녀를 따라가 보조를 맞추어 줄곧
그녀를 가운데 두고 빙빙 돌며 춤을 추었습니다,
그리고 그의 두 팔은 그를 축으로 둥글게 춤추었습니다.
그러다 그는 귀를 기울였습니다,
이런 춤에 어울리지 않는 제삼의 인물이
놀이 속으로 살그머니 들어온 것 같았기 때문입니다.
그때 그는 기도해야 한다는 것을 알았습니다.
이 인물은 바로 예언자들에게
커다란 왕관처럼 수여되던 자였습니다.
우리가 날마다 구하려 애썼던 그를 잡아,
예전에 씨 뿌렸던 그를 거두어들여,
우리는 선율처럼 긴 행렬을 이루며
이제 쉬려는 농기구들과 함께 집으로 돌아옵니다.
그리고 그는 감격해서 허리를 깊이 굽혔습니다.

그러나 그 노인은 잠자는 것 같았습니다,
노인의 눈은 자는 건 아니었지만 그를 보지 못했습니다.

그리고 사지에 전율이 훑고 지나갈 정도로
그는 깊숙이 허리를 굽혔습니다.
그러나 노인은 그것을 알아채지 못했습니다.

그때 병든 수도사는 머리카락을 움켜쥐고
마치 옷을 털듯 제 몸을 나무에 세차게 털었습니다.
그러나 노인은 서 있을 뿐 그것을 보지 못했습니다.

Da nahm der kranke Mönch sich in die Hände,
wie man ein Richtschwert in die Hände nimmt,
und hieb und hieb, verwundete die Wände
und stieß sich endlich in den Grund ergrimmt.
Aber der Alte blickte unbestimmt.

Da riß der Mönch sein Kleid sich ab wie Rinde,
und knieend hielt er es dem Alten hin.

Und sieh: er kam. Kam wie zu einem Kinde
und sagte sanft: Weißt du auch, *wer ich bin?*
Das wußte er. Und legte sich gelinde
dem Greis wie eine Geige unters Kinn.

Jetzt reifen schon die roten Berberitzen,
alternde Astern atmen schwach im Beet.
Wer jetzt nicht reich ist, da der Sommer geht,
wird immer warten und sich nie besitzen.

Wer jetzt nicht seine Augen schließen kann,
gewiß, daß eine Fülle von Gesichten
in ihm nur wartet, bis die Nacht begann,
um sich in seinem Dunkel aufzurichten: —
der ist vergangen wie ein alter Mann.

그때 병든 수도사는 처형용 칼을 손에 쥐듯
자기 몸을 양손에 꽉 움켜쥐고
내리치고 또 내리쳐 벽에 상처를 냈으며,
결국엔 격분하여 땅바닥에 머리를 박았습니다.
그러나 노인은 물끄러미 바라보기만 했습니다.

그때 수도사는 나무껍질 벗기듯 옷을 훌훌 벗어서는
무릎을 꿇고 그것을 노인에게 바쳤습니다.

자, 보라: 그가 왔습니다. 어린아이에게 오듯 와서는
나직이 말했습니다. "그대도 아는가? 내가 누군지?"
그는 알고 있었습니다. 이어 그는 바이올린처럼
노인의 턱 아래 조심스레 몸을 눕혔습니다.[158]

매자나무 열매는 벌써 익어 가고 있습니다,
화단에서는 시들어 가는 애스터가 여린 숨을 내쉽니다.
여름이 가는 이때, 부유하지 못한 이는
언제고 기다릴 뿐 자기 자신을 갖지 못할 것입니다.

지금 눈을 감고서
그의 가슴속 어둠 속에서 밤이
되기를 기다리는 수많은 영상들을
맞이하지 못하는 사람은
노인처럼 세월만 흘리고 말 것입니다.[159]

Dem kommt nichts mehr, dem stößt kein Tag mehr zu,
und alles lügt ihn an, was ihm geschieht;
auch du, mein Gott. Und wie ein Stein bist du,
welcher ihn täglich in die Tiefe zieht.

Du mußt nicht bangen, Gott. Sie sagen: *mein*
zu allen Dingen, die geduldig sind.
Sie sind wie Wind, der an die Zweige streift
und sagt: *mein* Baum.

Sie merken kaum,
wie alles glüht, was ihre Hand ergreift, —
so daß sie's auch an seinem letzten Saum
nicht halten könnten ohne zu verbrennen.

Sie sagen *mein*, wie manchmal einer gern
den Fürsten Freund nennt im Gespräch mit Bauern,
wenn dieser Fürst sehr groß ist und — sehr fern.
Sie sagen *mein* von ihren fremden Mauern
und kennen gar nicht ihres Hauses Herrn.
Sie sagen *mein* und nennen das Besitz,
wenn jedes Ding sich schließt, dem sie sich nahn,
so wie ein abgeschmackter Charlatan
vielleicht die Sonne sein nennt und den Blitz.

그는 아무것도 갖지 못하고, 낮도 누리지 못하고,
그에게 일어나는 모든 건 거짓일 뿐입니다.[160]
나의 신이여, 당신도 그렇습니다. 그리고 당신은
돌멩이처럼 매일 그를 나락으로 끌고 갑니다.[161]

신이여, 당신은 걱정하지 않아도 됩니다. 그들은
참을성 있는 모든 사물에게 내 **것**이라고 말하니까요.
그들은 나뭇가지를 스쳐 지나가며
내 나무라고 말하는 바람과 같습니다.

그들은 결코 알지 못합니다,
그들의 손이 잡는 모든 게 얼마나 뜨거운지를,
데지 않고서는 그것들의
끝자락조차도 잡을 수 없음을.

그들은 내 **것**이라고 말합니다, 가끔 누군가 즐겨
농부들과 이야기하면서 왕자를 친구라고 일컫듯이,
왕자가 매우 훌륭하고 먼 곳에 있어도 말입니다.
그들은 낯선 담장을 두고도 내 **것**이라고 말합니다.
그리고 그 집의 주인을 결코 알지 못합니다.
그들이 다가가는 사물들이 모두 문을 닫아 버릴 때도,
그들은 내 **것**이라 하며 소유를 말합니다,
마치 바보 같은 사기꾼이
태양이나 번개를 제 것이라고 부르는 것과 같습니다.

So sagen sie: mein Leben, meine Frau,

mein Hund, mein Kind, und wissen doch genau,

daß alles: Leben, Frau und Hund und Kind

fremde Gebilde sind, daran sie blind

mit ihren ausgestreckten Händen stoßen.

Gewißheit freilich ist das nur den Großen,

die sich nach Augen sehnen. Denn die andern

wollens nicht hören, daß ihr armes Wandern

mit keinem Dinge rings zusammenhängt,

daß sie, von ihrer Habe fortgedrängt,

nicht anerkannt von ihrem Eigentume,

das Weib so wenig *haben* wie die Blume,

die eines fremden Lebens ist für alle.

Falle nicht, Gott, aus deinem Gleichgewicht.

Auch der dich liebt und der dein Angesicht

erkennt im Dunkel, wenn er wie ein Licht

in deinem Atem schwankt, — besitzt dich nicht.

Und wenn dich einer in der Nacht erfaßt,

so daß du kommen mußt in sein Gebet:

Du bist der Gast,

der wieder weitergeht.

Wer kann dich halten, Gott? Denn du bist dein,

von keines Eigentümers Hand gestört,

so wie der noch nicht ausgereifte Wein,

그들은 이렇게 말합니다, 나의 인생, 나의 아내,
나의 개, 나의 아이라고. 하지만
인생, 아내, 개 그리고 아이의 이 모든 게
장님처럼 두 손으로 더듬어 볼 뿐인
낯선 형상들임을 그들은 잘 알고 있습니다.
보는 눈을 그리워하는 고상한 사람들[162]만이
이것을 압니다. 다른 사람들은 **들으려** 하지 않으니까요,
그들의 가련한 방랑이 주변에 있는
어떤 사물과도 아무런 관계가 없다는 것을,
그리고 그들이 그들의 소유물로부터 밀려나
그것들에 의해 전혀 인정받지 못한다는 것을,
아내도 꽃도 결코 **소유하지** 못한다는 것을,
이것들은 모두에게 낯선 삶임을.

신이여, 당신의 평정을 잃지 마소서.
당신의 숨결에 빛처럼 흔들리며 당신을 사랑하여
어둠 속에서도 당신의 얼굴을 알아보는 자도
당신을 소유하지는 못합니다.
그리고 한밤중 누군가 손으로 당신을 붙잡아
당신이 그의 기도 속으로 갈 수밖에 없다 해도
        당신은 손님,
      다시 길을 떠납니다.

누가 당신을 가질 수 있나요? 숙성되지 않은 포도주가
점점 더 달콤해지다가 결국엔 자신에게 속하듯
어떤 소유자의 손에 의해서도 방해받지 않은 채

der immer süßer wird, sich selbst gehört.

In tiefen Nächten grab ich dich, du Schatz.
Denn alle Überflüsse, die ich sah,
sind Armut und armsäliger Ersatz
für deine Schönheit, die noch nie geschah.

Aber der Weg zu dir ist furchtbar weit
und, weil ihn lange keiner ging, verweht.
O du bist einsam. Du bist Einsamkeit,
du Herz, das zu entfernten Talen geht.

Und meine Hände, welche blutig sind
vom Graben, heb ich offen in den Wind,
so daß sie sich verzweigen wie ein Baum.
Ich sauge dich mit ihnen aus dem Raum
als hättest du dich einmal dort zerschellt
in einer ungeduldigen Gebärde,
und fielest jetzt, eine zerstäubte Welt,
aus fernen Sternen wieder auf die Erde
sanft wie ein Frühlingsregen fällt.

당신은 당신 것이니까요.

깊은 밤마다 나는 당신을 팝니다, 당신 보물이여.
내가 본 모든 화려함도
아직 일어나지 않은 당신의 아름다움 앞에선
빈곤이요 초라한 대체물에 불과한 까닭입니다.

하지만 당신에 이르는 길은 끔찍이도 멀고,
오랫동안 아무도 간 적이 없어 황량합니다.
아, 당신은 고독합니다. 당신은 고독입니다,
당신, 머나먼 계곡을 향해 가는 마음이여.

그리고 땅을 파느라 피로 물든 두 손을
나는 한 그루 나무가 가지를 뻗듯이
하늘로 치켜들어 바람을 쐽니다.
두 손으로 허공에서 당신을 빨아들입니다,
마치 예전에 당신이 초조한 몸짓으로
그곳에 자신을 흩뿌려 놓았다가,
이제 당신이 먼지 흩날리는 세계가 되어,
먼 별들로부터 다시 대지에 떨어지는
봄비처럼 부드럽게 내리기라도 하는 듯.

3부

가난과 죽음의 서

DAS BUCH VON DER ARMUT UND
VOM TODE
(1903년)

Vielleicht, daß ich durch schwere Berge gehe
in harten Adern, wie ein Erz allein;
und bin so tief, daß ich kein Ende sehe
und keine Ferne: alles wurde Nähe
und alle Nähe wurde Stein.

Ich bin ja noch kein Wissender im Wehe, ——
so macht mich dieses große Dunkel klein;
bist *Du* es aber: mach dich schwer, brich ein:
daß deine ganze Hand an mir geschehe
und ich an dir mit meinem ganzen Schrein.

Du Berg, der blieb da die Gebirge kamen, ——
Hang ohne Hütten, Gipfel ohne Namen,
ewiger Schnee, in dem die Sterne lahmen,
und Träger jener Tale der Cyklamen,
aus denen aller Duft der Erde geht;
du, aller Berge Mund und Minaret
(von dem noch nie der Abendruf erschallte):

Geh ich in dir jetzt? Bin ich im Basalte

어쩌면 나는 육중한 산맥의 단단한 광맥 속을
하나의 광석처럼 홀로 가고 있는지도 모릅니다.[163]
나는 너무 깊은 곳에 있어 끝도, 멀리도
볼 수 없습니다. 모든 것이 가까워지고
가까이 다가오는 것은 모두 돌이 되었습니다.

나는 아직 고통 속의 현자가 못 되어서,
이 큰 어둠은 나를 왜소하게 만듭니다.
하지만 **당신**이 어둠이라면 어서 나타나소서,
그리하여 당신의 온 손길이 내게 행하여지고,
나의 간절한 절규로 내 뜻이 당신께 전해지도록.

당신 산이여, 산맥이 밀려와도 버티고 있는 산,
당신은 오두막 하나 없는 산비탈, 이름 모를 산봉우리,
당신은 별빛마저 얼어붙게 하는 만년설,
당신은 지상의 모든 향기를 뿜어 올리는
시클라멘 계곡을 품고 있는 존재입니다.
당신, 모든 산의 입이며 이슬람 사원의 첨탑이여
(저녁 기도 소리가 한 번도 울린 적 없는 첨탑)

나는 당신 속을 가고 있나요? 아직 발견되지 않은

wie ein noch ungefundenes Metall?
Ehrfürchtig füll ich deine Felsenfalte,
und deine Härte fühl ich überall.

Oder ist das die Angst, in der ich bin?
die tiefe Angst der übergroßen Städte,
in die du mich gestellt hast bis ans Kinn?

O daß dir einer recht geredet hätte
von ihres Wesens Wahn und Abersinn.
Du stündest auf, du Sturm aus Anbeginn,
und triebest sie wie Hülsen vor dir hin...

Und willst du jetzt von mir: so rede recht, —
so bin ich nichtmehr Herr in meinem Munde,
der nichts als zugehn will wie eine Wunde;
und meine Hände halten sich wie Hunde
an meinen Seiten, jedem Ruf zu schlecht.

Du zwingst mich, Herr, zu einer fremden Stunde.

Mach mich zum Wächter deiner Weiten,
mach mich zum Horchenden am Stein,
gieb mir die Augen auszubreiten
auf deiner Meere Einsamsein;

금속처럼 현무암 속에 갇혀 있는가요?
나는 경외심을 가지고 당신의 바위 주름을 채우며,
당신의 단단함을 곳곳에서 느낍니다.

아니면 그것은 내가 처해 있는 불안인가요?
당신이 나의 턱까지 차오르게 한
대도시의 그 깊은 불안인가요?

오, 당신에게 누가 올바로 이야기했더라면,
대도시의 본성의 망상과 아집에 관하여.
그러면 태초의 폭풍인 당신이 일어나서
그것들을 콩깍지처럼 날려 버렸을 텐데……

이제 당신은 원합니다, 올바로 이야기해 달라고,
하지만 나는 이미 내 입의 주인이 아닙니다,
나의 입은 상처처럼 열려 있을 뿐이니까요.
게다가 나의 손은 부름에 제대로 응하지 못하는
개처럼 나의 양쪽에 매달려 있을 뿐입니다.

주여, 당신은 나를 낯선 시간[164]으로 내몹니다.

나를 당신의 광활함의 파수꾼이 되게 하소서.[165]
나를 바위에 귀 기울이는 자[166]로 만드소서.
당신의 바다의 고독 위로
나의 눈을 펼치게 하소서.

laß mich der Flüsse Gang begleiten
aus dem Geschrei zu beiden Seiten
weit in den Klang der Nacht hinein.

Schick mich in deine leeren Länder,
durch die die weiten Winde gehn,
wo große Klöster wie Gewänder
um ungelebte Leben stehn.
Dort will ich mich zu Pilgern halten,
von ihren Stimmen und Gestalten
durch keinen Trug mehr abgetrennt,
und hinter einem blinden Alten
des Weges gehn, den keiner kennt.

Denn Herr, die großen Städte sind
verlorene und aufgelöste;
wie Flucht vor Flammen ist die größte, —
und ist kein Trost, daß er sie tröste,
und ihre kleine Zeit verrinnt.

Da leben Menschen, leben schlecht und schwer,
in tiefen Zimmern, bange von Gebärde,
geängsteter denn eine Erstlingsherde;
und draußen wacht und atmet deine Erde,
sie aber sind und wissen es nicht mehr.

나로 하여 강물의 흐름을 따라
양쪽 강기슭에서 외치는 소리로부터
깊숙이 밤의 음향에까지 이르게 하소서.

나를 당신의 텅 빈 땅으로 보내 주소서,
언제나 바람 가득히 불고,
웅장한 수도원들이 마치 옷자락처럼
아직 살아 보지 못한 삶 주위로 서 있는 그곳으로.
나 그곳으로 가는 순례자들과 함께하렵니다,
그 어떤 미혹(迷惑)에도
그들의 목소리와 모습 놓치지 않고,
어느 눈먼 노인[167]의 뒤를 따라
아무도 모르는 그 길을 가렵니다.[168]

주여, 대도시들은 타락하고
파멸된 곳입니다.[169]
거대한 도시는 불길로부터의 도피와 같습니다,[170]
어떤 위로도 위로가 되지 않고,
하찮은 시간만 흘러갈 뿐입니다.

그곳에서 사람들은 살고 있습니다, 깊은 구석방에서
두려운 몸짓으로, 첫배로 태어난 짐승들[171]보다도
더 불안스레 비참하고 힘겹게 살고 있습니다.
밖에는 당신의 대지가 깨어나 숨 쉬고 있지만
그들은 살아 있을 뿐 그것을 알지 못합니다.

Da wachsen Kinder auf an Fensterstufen,
die immer in demselben Schatten sind,
und wissen nicht, daß draußen Blumen rufen
zu einem Tag voll Weite, Glück und Wind, —
und müssen Kind sein und sind traurig Kind.

Da blühen Jungfraun auf zum Unbekannten
und sehnen sich nach ihrer Kindheit Ruh;
das aber ist nicht da, wofür sie brannten,
und zitternd schließen sie sich wieder zu.
Und haben in verhüllten Hinterzimmern
die Tage der enttäuschten Mutterschaft,
der langen Nächte willenloses Wimmern
und kalte Jahre ohne Kampf und Kraft.
Und ganz im Dunkel stehn die Sterbebetten,
und langsam sehnen sie sich dazu hin;
und sterben lange, sterben wie in Ketten
und gehen aus wie eine Bettlerin.

Da leben Menschen, weißerblühte, blasse,
und sterben staunend an der schweren Welt.
Und keiner sieht die klaffende Grimasse,
zu der das Lächeln einer zarten Rasse
in namenlosen Nächten sich entstellt.

그곳에서 아이들은 언제나 변함없는
그늘이 드리워진 창문턱에서 자라며
광활함과 행복과 바람으로 가득 찬 날로 오라
밖에서 꽃들이 외치는 소리를 모르는 채 지냅니다.
그러기에 아이일 수밖에 없고 슬픈 아이입니다.

그곳에서 처녀들은 미지의 존재를 향해 꽃을 피우며
어린 시절의 평온함을 그리워합니다.
그러나 애타게 기다리던 그것은 찾을 길 없어
그들은 몸을 떨며 다시 움츠립니다.
그리고 보이지 않는 깊은 구석방에서
이루지 못한 모성의 나날을
기나긴 밤 속절없는 설움으로 지새우며
의욕도 기력도 없이 무정한 세월만 보낼 뿐입니다.
그리고 어둠에 싸인 곳엔 임종의 침대들이 놓여 있고
그들은 그곳을 그리며 천천히 다가가
쇠사슬에 매인 듯 오래오래 죽어 가
마침내 거지처럼 이 세상에서 사라집니다.

그곳에서 사람들은 흰 꽃처럼 파리하게 살다가
힘겨운 세상에 놀란 눈 부릅뜨고 죽어 갑니다.
그렇지만 아무도 이 연약한 종족의 미소가
이름할 수 없는 밤에 그토록 일그러져 추하게
변해 가는 그 찡그린 모습을 보지 못합니다.

Sie gehn umher, entwürdigt durch die Müh,

sinnlosen Dingen ohne Mut zu dienen,

und ihre Kleider werden welk an ihnen,

und ihre schönen Hände altern früh.

Die Menge drängt und denkt nicht sie zu schonen,

obwohl sie etwas zögernd sind und schwach, —

nur scheue Hunde, welche nirgends wohnen,

gehn ihnen leise eine Weile nach.

Sie sind gegeben unter hundert Quäler,

und, angeschrien von jeder Stunde Schlag,

kreisen sie einsam um die Hospitäler

und warten angstvoll auf den Einlaßtag.

Dort ist der Tod. Nicht jener, dessen Grüße

sie in der Kindheit wundersam gestreift, —

der kleine Tod, wie man ihn dort begreift;

ihr eigener hängt grün und ohne Süße

wie eine Frucht in ihnen, die nicht reift.

O Herr, gieb jedem seinen eignen Tod.

Das Sterben, das aus jenem Leben geht,

darin er Liebe hatte, Sinn und Not.

무의미한 일에 마음도 없이 봉사하는 수고로
품위도 잃고 그들은 이리저리 헤맵니다.
그들의 옷은 몸에 달라붙은 채 낡아 가고,
그들의 고운 손은 어느새 늙어 갑니다.[172]

이들이 좀 우물대고 허약하기는 하지만,
대중은 닦달하며 이들을 아껴 주려 하지 않습니다.
집 없이 떠도는 겁먹은 개들만이
이들 뒤를 잠시 살그머니 따라갈 뿐입니다.

그들은 수백의 고통 속으로 던져져,
매시간 울리는 종소리로 호통을 당하고,
쓸쓸히 병원 주위를 서성이며
입원할 날만 불안스레 기다립니다.

그곳에 죽음이 있습니다, 하지만 어린 시절에
신비로운 인사를 하던 그 죽음이 아닙니다,
그곳에서 만나는 것은 작은 죽음입니다,
그들의 고유한 죽음은 익지 않은 열매처럼
단맛도 없이 그들 가슴에 퍼렇게 달려 있습니다.

오 주여, 저마다 고유한 죽음을 주소서.
사랑과 의미, 고난이 함께한
삶에서 우러나오는 죽음을 주소서.[173]

Denn wir sind nur die Schale und das Blatt.
Der große Tod, den jeder in sich hat,
das ist die Frucht, um die sich alles dreht.

Um ihretwillen heben Mädchen an
und kommen wie ein Baum aus einer Laute,
und Knaben sehnen sich um sie zum Mann;
und Frauen sind den Wachsenden Vertraute
für Ängste, die sonst niemand nehmen kann.
Um ihretwillen *bleibt* das Angeschaute
wie Ewiges, auch wenn es lang verrann, —
und jeder, welcher bildete und baute,
ward Welt um diese Frucht und fror und taute
und windete ihr zu und schien sie an.
In sie ist eingegangen alle Wärme,
der Herzen und der Hirne weißes Glühn — :
Doch deine Engel ziehn wie Vogelschwärme,
und sie erfanden alle Früchte grün.

Herr: wir sind ärmer denn die armen Tiere,
die ihres Todes enden, wenn auch blind,
weil wir noch alle ungestorben sind.
Den gieb uns, der die Wissenschaft gewinnt,
das Leben aufzubinden in Spaliere,
um welche zeitiger der Mai beginnt.

우리는 껍질과 잎에 불과합니다.
저마다 가슴 깊이 품은 위대한 죽음,
그것은 온갖 것이 감싸는 열매입니다.

그 열매를 바라서 소녀들은 싹을 틔우고
류트에서 자라난 나무처럼 솟아오릅니다.
소년들은 열매를 위해 어른이 되기를 갈망하고.
커 가는 아이들을 위해 여인들은 불안을 기꺼이
짊어집니다, 그렇지 않으면 누가 그 일을 할까요.
그 열매를 위해, 오래전에 흘러간 것일지라도,
눈여겨본 것은 영원한 것으로 남는 것입니다.[174]
그리고 만들고 짓는 사람은 누구나
이 열매를 위한 세계가 되어 얼었다가
녹으며 바람을 풀어 주고 햇볕을 뿌려 줍니다.
그러면 열매 속으로 가슴의 온갖 온기와
뇌수의 하얀 작열이 스며듭니다.
하지만 당신의 천사들은 철새 떼처럼 날아갑니다,
모든 열매가 아직 설익었음을 알았기 때문입니다.

주여, 우리는 눈도 못 뜬 채 죽음을 맞는
가련한 짐승들보다 더 가엾습니다,
우리 모두 아직 죽지 못한 까닭입니다.
5월의 정취가 무르익어 가는 곳에
격자 울타리 위로 삶을 묶어 올리는 법을
아는 **그런 죽음**을 우리에게 주소서.

Denn dieses macht das Sterben fremd und schwer,
daß es nicht *unser* Tod ist; einer, der
uns endlich nimmt, nur weil wir keinen reifen.
Drum geht ein Sturm, uns alle abzustreifen.

Wir stehn in deinem Garten Jahr und Jahr
und sind die Bäume, süßen Tod zu tragen;
aber wir altern in den Erntetagen,
und so wie Frauen, welche du geschlagen,
sind wir verschlossen, schlecht und unfruchtbar.

Oder ist meine Hoffahrt ungerecht:
sind Bäume besser? Sind wir nur Geschlecht
und Schoß von Frauen, welche viel gewähren? —
Wir haben mit der Ewigkeit gehurt,
und wenn das Kreißbett da ist, so gebären
wir unsres Todes tote Fehlgeburt;
den krummen, kummervollen Embryo,
der sich (als ob ihn Schreckliches erschreckte)
die Augenkeime mit den Händen deckte
und dem schon auf der ausgebauten Stirne
die Angst von allem steht, was er nicht litt, —
und alle schließen so wie eine Dirne
in Kindbettkrämpfen und am Kaiserschnitt.

이 삶은 죽음을 낯설고도 힘겹게 만들기에
그 죽음은 우리의 죽음이 되지 못합니다.
미처 성숙하기 전에 우리를 덮치는 죽음입니다.
그때 폭풍이 지나며 열매를 모두 떨어뜨립니다.

우리는 당신의 정원에 해마다 서서
감미로운 죽음의 열매를 맺을 나무들입니다.
그러나 수확의 시절이 오면 우리는 시들어
당신이 괴로움을 가한 여인들처럼
불임의 형편없는 나무가 될 것입니다.

아니면 나무들이 더 나은 존재라는 것이
나의 잘못된 자만인가요?
우리는 몸을 함부로 허락하는 여자들의
종족이며 자궁에 불과할 뿐인가요?
우리는 영생과 간음했습니다.
그리고 분만의 침상이 마련되면, 우리는
우리의 죽음을 사산(死産)할 것입니다.
고통에 일그러진 불구의 태아를 낳을 것입니다.
(섬뜩한 것에 소스라치게 놀란 듯)
두 손으로 눈자위를 가리고
볼록한 이마에는 아직 겪지도 않은
세상살이에 불안이 서려 있는 태아를.
그리고 산통을 견디지 못해 제왕절개 하는
창녀처럼 모두가 자궁이 닫히고 말 것입니다.

Mach Einen herrlich, Herr, mach Einen groß,
bau seinem Leben einen schönen Schoß,
und seine Scham errichte wie ein Tor
in einem blonden Wald von jungen Haaren,
und ziehe durch das Glied des Unsagbaren
den Reisigen den weißen Heeresscharen,
den tausend Samen, die sich sammeln, vor.

Und eine Nacht gieb, daß der Mensch empfinge
was keines Menschen Tiefen noch betrat;
gieb eine Nacht: da blühen alle Dinge,
und mach sie duftender als die Syringe
und wiegender denn deines Windes Schwinge
und jubelnder als Josaphat.

Und gieb ihm eines langen Tragens Zeit
und mach ihn weit in wachsenden Gewändern,
und schenk ihm eines Sternes Einsamkeit,
daß keines Auges Staunen ihn beschreit,
wenn seine Züge schmelzend sich verändern.

Erneue ihn mit einer reinen Speise,
mit Tau, mit ungetötetem Gericht,
mit jenem Leben, das wie Andacht leise
und warm wie Atem aus den Feldern bricht.

주여, 한 사람을 위대하게 해 주소서,
그의 삶에 멋진 자궁을 하나 만드시고,
싱그러운 금발의 깊은 숲속에
그의 음경을 성문처럼 높이 세우시어
이름할 수 없는 자[175]의 그 음경으로
무수한 전사를, 흰 군사의 무리를,
모여든 수많은 정자를 지나게 하소서.

그에게 하룻밤을 주시어 인간의 어떤 깊이도
발 딛지 못한 것이 수태토록 해 주소서.
모든 것이 피어나도록 하룻밤을 주소서,
그것들이 라일락보다도 더 향기롭게,
당신의 바람의 날개보다도 더 나풀거리게,
여호사밧[176]보다도 더 환호토록 해 주소서.

그리고 그에게 오랜 잉태의 시간을 주시고
점점 더 큰 의복으로 그를 넓게 감싸 주시고,
그에게 별의 고독을 주시어,
그의 얼굴 모습이 녹는 듯 변하더라도
어떤 놀란 눈도 그를 흉보지 않게 해 주소서.

그를 새롭게 해 주소서, 정갈한 음식으로,
이슬로, 살생하지 않은 요리로,[177]
기도처럼 조용히, 숨결처럼 따스하게
들에서 올라오는 생명으로.

Mach, daß er seine Kindheit wieder weiß;
das Unbewußte und das Wunderbare
und seiner ahnungsvollen Anfangsjahre
unendlich dunkelreichen Sagenkreis.

Und also heiß ihn seiner Stunde warten,
da er den Tod gebären wird, den Herrn:
allein und rauschend wie ein großer Garten,
und ein Versammelter aus fern.

Das letzte Zeichen laß an uns geschehen,
erscheine in der Krone deiner Kraft,
und gieb uns jetzt (nach aller Weiber Wehen)
des Menschen ernste Mutterschaft.
Erfülle, du gewaltiger Gewährer,
nicht jenen Traum der Gottgebärerin, —
richt auf den Wichtigen: den Tod-Gebärer,
und führ uns mitten durch die Hände derer,
die ihn verfolgen werden, zu ihm hin.
Denn sieh, ich sehe seine Widersacher,
und sie sind mehr als Lügen in der Zeit, —
und er wird aufstehn in dem Land der Lacher
und wird ein Träumer heißen: denn ein Wacher
ist immer Träumer unter Trunkenheit.

그에게 어린 시절을 다시 알게 해 주소서,
미지의 것과 놀라운 것을
그리고 가슴 두근대는 유년 시절과
끝없는 어둠으로 뒤덮인 전설들을.

그리고 그에게 때를 기다리도록 해 주소서,
주(主), 죽음을 낳을 시간을.
넓은 정원처럼 외롭게 바람에 살랑대는
먼 데서 모아 온 자를.

마지막 징표가 우리에게 일어나게 하소서,
당신의 힘의 절정에서 나타나소서,
그리고 우리에게 이제 (모든 여인들의 고통 뒤에)
인간의 진지한 모성을 주소서.
당신 위대한 보증자여,
신을 낳은 여인의 꿈을 이루지 마시고,
중요한 이를 향하소서, 죽음을 낳는 자를,[178]
그리고 그를 박해하는 사람들의 손 사이로
우리를 이끄시어 그에게로 데려다주소서.
아, 나 그의 적대자들을 아는 까닭입니다,
그들은 시대의 허위보다 더한 존재들입니다.
그는 웃는 자들[179]의 땅에서 일어설 것이며,
꿈꾸는 자라 불릴 것입니다, 깨어 있는 자는
언제나 취한 상태에서 꿈꾸는 자이니까요.

Du aber gründe ihn in deine Gnade,
in deinem alten Glanze pflanz ihn ein;
und mich laß Tänzer dieser Bundeslade,
laß mich den Mund der neuen Messiade,
den Tönenden, den Täufer sein.

Ich will ihn preisen. Wie vor einem Heere
die Hörner gehen, will ich gehn und schrein.
Mein Blut soll lauter rauschen denn die Meere,
mein Wort soll süß sein, daß man sein begehre,
und doch nicht irre machen wie der Wein.

Und in den Frühlingsnächten, wenn nicht viele
geblieben sind um meine Lagerstatt,
dann will ich blühn in meinem Saitenspiele
so leise wie die nördlichen Aprile,
die spät und ängstlich sind um jedes Blatt.

Denn meine Stimme wuchs nach zweien Seiten
und ist ein Duften worden und ein Schrein:
die eine will den Fernen vorbereiten,
die andere muß meiner Einsamkeiten
Gesicht und Seligkeit und Engel sein.

오 주여, 그를 당신의 은총 안에 세우시고,
당신의 오랜 영광 한가운데 그를 심으소서.
그리고 나로 하여 계약의 궤[180]의 춤꾼이,
새로운 메시아의 입이,
세례자의 목소리가 되게 하여 주소서.

나 그를 찬양하렵니다. 큰 부대 앞을 지나는
뿔나팔처럼 가며[181] 나는 외칠 것입니다.
나의 피는 바다보다도 더 크게 철썩일 것이고
나의 말은 남이 탐할 만큼 감미로울 것이지만
포도주처럼 정신을 혼란케 하지는 않을 것입니다.

그리고 내가 거처하는 곳 주변으로
사람들이 적은 봄밤이면 나는
나의 바이올린에 맞추어 피어날 것입니다,
뒤늦게 찾아와 나뭇잎을 걱정하는
북구의 4월처럼 그렇게 조용히.

나의 목소리는 두 방향으로 자라났고,
하나는 향기가, 또 하나는 외침이 되었습니다.
하나는 먼 장래를 준비할 것이고,
다른 하나는 내 고독의 얼굴이요
환희요 천사가 되어야 합니다.

Und gieb, daß beide Stimmen mich begleiten,
streust du mich wieder aus in Stadt und Angst.
Mit ihnen will ich sein im Zorn der Zeiten
und dir aus meinem Klang ein Bett bereiten
an jeder Stelle, wo du es verlangst.

Die großen Städte sind nicht wahr; sie täuschen
den Tag, die Nacht, die Tiere und das Kind;
ihr Schweigen lügt, sie lügen mit Geräuschen
und mit den Dingen, welche willig sind.

Nichts von dem weiten wirklichen Geschehen,
das sich um dich, du Werdender, bewegt,
geschieht in ihnen. Deiner Winde Wehen
fällt in die Gassen, die es anders drehen,
ihr Rauschen wird im Hin- und Wiedergehen
verwirrt, gereizt und aufgeregt.

Sie kommen auch zu Beeten und Alleen — :

Denn Gärten sind, — von Königen gebaut,
die eine kleine Zeit sich drin vergnügten
mit jungen Frauen, welche Blumen fügten
zu ihres Lachens wunderlichem Laut.

그리고 두 목소리가 나를 따르도록 해 주소서,
나를 다시 도시와 불안 속에 뿌려 주소서.
이 목소리들과 함께 시대의 분노 속에 있겠습니다,
그리고 당신이 원하는 그 어디든 나의 소리로
당신을 위해 침대를 마련하겠습니다.

대도시는 진실되지 않습니다. 대도시는 속입니다,
낮과 밤, 동물과 어린아이를.
대도시의 침묵은 허위입니다, 소음과
순종하는 사물들로 거짓말을 합니다.

당신, 생성되어 가는 자[182]를 둘러싸고 생기는
어떤 드넓고 진정한 사건도
대도시에서는 일어나지 않습니다. 당신의 바람은
골목으로 불지만, 골목은 방향을 바꾸어 놓습니다.
살랑대는 그 바람은 이리저리 돌아다니며
뒤엉키고 마음이 동하여 흥분합니다.

그 바람은 꽃밭과 가로수 길에도 붑니다.

이곳은 왕들이 조성한 정원입니다,
왕들은 이곳에서 잠시 젊은 여인들과 즐겼으며,
여인들은 그들의 깜찍한 웃음소리에다
사뿐히 꽃을 얹어 놓곤 했습니다.

Sie hielten diese müden Parke wach;

sie flüsterten wie Lüfte in den Büschen,

sie leuchteten in Pelzen und in Plüschen,

und ihrer Morgenkleider Seidenrüschen

erklangen auf dem Kiesweg wie ein Bach.

Jetzt gehen ihnen alle Gärten nach ——

und fügen still und ohne Augenmerk

sich in des fremden Frühlings helle Gammen

und brennen langsam mit des Herbstes Flammen

auf ihrer Äste großem Rost zusammen,

der kunstvoll wie aus tausend Monogrammen

geschmiedet scheint zu schwarzem Gitterwerk.

Und durch die Gärten blendet der Palast

(wie blasser Himmel mit verwischtem Lichte),

in seiner Säle welke Bilderlast

versunken wie in innere Gesichte,

fremd jedem Feste, willig zum Verzichte

und schweigsam und geduldig wie ein Gast.

Dann sah ich auch Paläste, welche leben;

sie brüsten sich den schönen Vögeln gleich,

die eine schlechte Stimme von sich geben.

Viele sind reich und wollen sich erheben, ——

여인들은 이 나른한 정원에 생기를 주었으며
수풀 속에서 실바람처럼 속삭였고
모피와 비단 차림으로 반짝였습니다.
그들의 모닝 드레스의 비단 레이스 끌리는 소리가
자갈길 위에 실개천처럼 울려 퍼졌습니다.

이제 정원들은 모두 그들 뒤를 따라가
낯선 봄의 밝은 음계의 품에
아무도 모르게 포근히 안기다가,
천천히 가을의 불꽃과 더불어
마치 수천의 화압(花押)으로
검은 격자 문양으로 정교하게 만든 듯한
나뭇가지들의 큰 석쇠 위에서 타오릅니다.

그리고 정원들 사이로 궁전이 환히 빛납니다
(희미한 빛에 싸인 창백한 하늘처럼),
내면의 환영에 침잠하듯, 홀에 걸린
시든 그림들의 중량에 침잠한 채로,
축제도 싫고, 다 내려놓고 싶은 마음,
손님처럼 과묵하고 참을성 있는 모습입니다.

이어 살아 있는 궁전들도 보았습니다,
아름다운 새처럼 자신을 뽐내지만,
목소리는 아주 형편없는 새 꼴입니다.[183]
많은 사람이 부를 꿈꾸며 높이 오르려 합니다.

aber die Reichen *sind* nicht reich.

Nicht wie die Herren deiner Hirtenvölker,
der klaren, grünen Ebenen Bewölker,
wenn sie mit schummerigem Schafgewimmel
darüber zogen wie ein Morgenhimmel.
Und wenn sie lagerten und die Befehle
verklungen waren in der neuen Nacht,
dann wars, als sei jetzt eine andre Seele
in ihrem flachen Wanderland erwacht — :
Die dunklen Höhenzüge der Kamele
umgaben es mit der Gebirge Pracht.

Und der Geruch der Rinderherden lag
dem Zuge nach bis in den zehnten Tag,
war warm und schwer und wich dem Wind nicht aus.
Und wie in einem hellen Hochzeitshaus
die ganze Nacht die reichen Weine rinnen:
so kam die Milch aus ihren Eselinnen.

Und nicht wie jene Scheichs der Wüstenstämme,
die nächtens auf verwelktem Teppich ruhten,
aber Rubinen ihren Lieblingsstuten
einsetzen ließen in die Silberkämme.

Und nicht wie jene Fürsten, die des Golds

그러나 부자들은 부유하다 못할 것입니다.

그들은 당신의 유목민과 같지 못합니다,
어스름에 묻힌 양 떼를 몰고
아침 하늘처럼 평원을 지날 때면, 이들은
밝은 푸른 평원 위에 떠도는 한 점 구름입니다.
그리고 이들이 잘 곳을 찾아 천막을 치고
외치는 소리가 새로 맞는 밤 속으로 사라지면,
이제 또 다른 영혼이
평평한 방랑의 땅에 눈을 뜨는 듯합니다.
어두운 낙타의 구릉이 그곳을
산의 웅장함으로 에워싸는 듯합니다.

그리고 소 떼가 풍기는 냄새는
무리가 지나간 뒤에도 열흘 동안이나 남았고,
훈훈하고 무거워 바람에도 지워지지 않았습니다.
그리고 혼례를 치르는 휘황찬란한 집에
한밤 내내 포도주가 넘쳐흐르듯이
암나귀들에게서는 젖이 끊임없이 솟았습니다.

밤이면 자신들은 다 낡은 양탄자 위에서 자도
자신들의 소중한 암말들의 은빛 갈기에는
루비를 달아 주었던 사막에 사는
부족의 족장들과 같지 못합니다.

그리고 아무런 향기도 없는 황금 따위는

nicht achteten, das keinen Duft erfand,
und deren stolzes Leben sich verband
mit Ambra, Mandelöl und Sandelholz.

Nicht wie des Ostens weißer Gossudar,
dem Reiche eines Gottes Recht erwiesen;
er aber lag mit abgehärmtem Haar,
die alte Stirne auf des Fußes Fliesen,
und weinte, — weil aus allen Paradiesen
nicht *eine* Stunde seine war.

Nicht wie die Ersten alter Handelshäfen,
die sorgten, wie sie ihre Wirklichkeit
mit Bildern ohnegleichen überträfen
und ihre Bilder wieder mit der Zeit;
und die in ihres goldnen Mantels Stadt
zusammgefaltet waren wie ein Blatt,
nur leise atmend mit den weißen Schläfen...

Das waren Reiche, die das Leben zwangen
unendlich weit zu sein und schwer und warm.
Aber der Reichen Tage sind vergangen,
und keiner wird sie dir zurückverlangen,
nur mach die Armen endlich wieder arm.

거들떠보지 않던 군주들과 같지 못합니다,
이들의 자랑스러운 삶은 용연향, 편도유
그리고 백단향 등과 함께했으니까요.

오랜 전통에 의해 신과 같은 권능을 인정받은
동방의 백발의 고수다르와 같지 못합니다.
그는 괴로움으로 하얗게 센 머리를 한 채
발의 타일에 늙은 이마를 대고
모든 천국 중 단 한 시간도
자신의 자리는 없다고 울었습니다.

오래된 무역항의 창업자들과 같지 못합니다,
이들은 고민했습니다, 어떻게 그들의 현실을
비길 수 없는 그림으로 초월할 수 있을지,
그리고 그 그림들을 시간과 함께 다시 초월할 수 있을지.[184]
그들은 자신들의 황금 외투의
도시 속으로 한 장의 종이처럼 접혀 들었습니다,
하얀 관자놀이로 아주 조용히 숨 쉬면서……

옛날의 부자들은 삶을 한없이 넓고
무겁고 따뜻하게 만들려 했습니다.
하지만 부자들의 시절은 지나가 버렸습니다,
아무도 그 시절을 당신에게 돌려 달라고 요구할 수 없습니다,
단지 가난한 이들을 다시 가난하게 하소서.

Sie sind es nicht. Sie sind nur die Nicht-Reichen,
die ohne Willen sind und ohne Welt;
gezeichnet mit der letzten Ängste Zeichen
und überall entblättert und entstellt.

Zu ihnen drängt sich aller Staub der Städte,
und aller Unrat hängt sich an sie an.
Sie sind verrufen wie ein Blatternbette,
wie Scherben fortgeworfen, wie Skelette,
wie ein Kalender, dessen Jahr verrann, —
und doch: wenn deine Erde Nöte hätte:
sie reihte sie an eine Rosenkette
und trüge sie wie einen Talisman.

Denn sie sind reiner als die reinen Steine
und wie das blinde Tier, das erst beginnt,
und voller Einfalt und unendlich Deine
und wollen nichts und brauchen nur das *Eine*:

so arm sein dürfen, wie sie wirklich sind.

Denn Armut ist ein großer Glanz aus Innen...

Du bist der Arme, du der Mittellose,

그들은 그렇지 못합니다. 의지도 세계도 없이
단지 부유하지 못한 사람들일 뿐입니다.
이마에는 마지막 불안의 징표가 새겨져 있고
군데군데 잎이 지고 일그러진 모습입니다.

그들에게 도시의 먼지란 먼지는 몽땅 달려들고,
온갖 쓰레기가 추근대며 매달립니다.
그들은 부스럼의 소굴처럼 배척되고,
사금파리처럼, 해골처럼,
해 지난 달력처럼 내동댕이쳐졌습니다,
그러나 당신의 대지가 고난에 빠질 때면
대지는 이들을 장미꽃 목걸이[185]에 꿰어
부적처럼 몸에 지닐 것입니다.

그들은 순수한 돌보다도 더 순수하며
막 태어난 눈 못 뜬 동물과 같습니다.
그리고 더없이 소박하고 영원히 당신 것입니다.
아무것도 구하지 않으며 단 한 가지만을 소망합니다.

지금 있는 그대로 가난하게 해 달라는 것입니다.

가난[186]은 내면에서 나오는 큰 빛이니까요……

당신은 가난뱅이, 당신은 무일푼,

du bist der Stein, der keine Stätte hat,

du bist der fortgeworfene Leprose,

der mit der Klapper umgeht vor der Stadt.

Denn dein ist nichts, so wenig wie des Windes,

und deine Blöße kaum bedeckt der Ruhm;

das Alltagskleidchen eines Waisenkindes

ist herrlicher und wie ein Eigentum.

Du bist so arm wie eines Keimes Kraft

in einem Mädchen, das es gern verbürge

und sich die Lenden preßt, daß sie erwürge

das erste Atmen ihrer Schwangerschaft.

Und du bist arm: so wie der Frühlingsregen,

der selig auf der Städte Dächer fällt,

und wie ein Wunsch, wenn Sträflinge ihn hegen

in einer Zelle, ewig ohne Welt.

Und wie die Kranken, die sich anders legen

und glücklich sind; wie Blumen in Geleisen

so traurig arm im irren Wind der Reisen;

und wie die Hand, in die man weint, so arm...

Und was sind Vögel gegen dich, die frieren,

was ist ein Hund, der tagelang nicht fraß,

und *was* ist gegen dich das Sichverlieren,

당신은 놓일 곳 없는 돌멩이,
당신은 딸랑이를 흔들며 성문 밖을 헤매는
내쫓긴 문둥이입니다.

바람이 그렇듯 당신 것이란 아무것도 없으니까요.
명성도 당신의 헐벗음을 가려 줄 수는 없습니다.
고아가 평소에 입는 옷이 차라리
더 멋지고 소유에 가까울 것입니다.

어떻게든 숨기려고 허리를 마구 졸라매어
임신의 첫 숨결을 질식하게 하려는 처녀의
배 안에 있는 태아의 힘처럼
당신은 가련합니다.

당신은 도시의 지붕 위로 복되게 쏟아지는
봄비만큼이나 가련합니다.
세상에서 멀어져 영원히 독방에 갇힌 죄수들이
가만히 품어 보는 소망처럼 가련합니다.
자세를 바꾸어 누우며 행복을 느끼는 환자나,
여행의 황량한 바람 속에 서 있는
철로 가의 꽃처럼 슬프도록 가련합니다.
얼굴을 파묻고 울 때의 손처럼 가련합니다……

추위에 떠는 새인들 당신과 같을까요,
하루 종일 굶주린 개인들 그럴까요,
사로잡아 놓고서는 거들떠보지도 않는

das stille lange Traurigsein von Tieren,
die man als Eingefangene vergaß?

Und alle Armen in den Nachtasylen,
was sind sie gegen dich und deine Not?
Sie sind nur kleine Steine, keine Mühlen,
aber sie mahlen doch ein wenig Brot.

Du aber bist der tiefste Mittellose,
der Bettler mit verborgenem Gesicht;
du bist der Armut große Rose,
die ewige Metamorphose
des Goldes in das Sonnenlicht.

Du bist der leise Heimatlose,
der nichtmehr einging in die Welt:
zu groß und schwer zu jeglichem Bedarfe.
Du heulst im Sturm. Du bist wie eine Harfe,
an welcher jeder Spielende zerschellt.

Du, der du weißt und dessen weites Wissen
aus Armut ist und Armutsüberfluß:
Mach, daß die Armen nichtmehr fortgeschmissen
und eingetreten werden in Verdruß.
Die andern Menschen sind wie ausgerissen;

짐승들의 오랜 말 없는 슬픔, 상실감,
이 모두 당신과 비길 수 있을까요?

그리고 야간 쉼터의 가난한 사람들, 이들은
당신과 당신의 고난과 비할 바가 무엇이겠습니까?
그들은 맷돌도 못 되는 조그만 돌이지만
약간의 빵은 갈 수 있으니까요.

당신은 가진 것 하나 없는 무일푼,
얼굴을 가린 거지입니다.
당신은 가난의 위대한 장미,
햇살에 빛나는 황금의
영원한 변용입니다.

이 세상에 다시 발을 들여놓은 적이 없는
당신은 고향 잃은 조용한 방랑자,
어디에 쓰기에 너무 크고 너무 무겁습니다.
당신은 폭풍 속에서 울부짖습니다. 당신은
켜는 자마다 결딴나는 하프[187]와 같습니다.

당신, 당신은 잘 아는 자, 당신의 폭넓은 앎은
가난, 넘치는 가난에서 나옵니다.
가난한 자들이 버려져 더는
불행에 빠지지 않게 해 주소서.
다른 사람들은 뿌리가 뽑힌 채 살아갑니다.

sie aber stehn wie eine Blumen-Art
aus Wurzeln auf und duften wie Melissen
und ihre Blätter sind gezackt und zart.

Betrachte sie und sieh, was ihnen gliche:
sie rühren sich wie in den Wind gestellt
und ruhen aus wie etwas, was man hält.
In ihren Augen ist das feierliche
Verdunkeltwerden lichter Wiesenstriche,
auf die ein rascher Sommerregen fällt.

Sie sind so still; fast gleichen sie den Dingen.
Und wenn man sich sie in die Stube lädt,
sind sie wie Freunde, die sich wiederbringen,
und gehn verloren unter dem Geringen
und dunkeln wie ein ruhiges Gerät.

Sie sind wie Wächter bei verhängten Schätzen,
die sie bewahren, aber selbst nicht sahn, —
getragen von den Tiefen wie ein Kahn,
und wie das Leinen auf den Bleicheplätzen
so ausgebreitet und so aufgetan.

그러나 가난한 자들은 뿌리를 깊게 내린
꽃나무처럼 서서 박하 향을 뿌립니다.
이파리는 톱니 모양에 나긋나긋합니다.

그들[188]을 보세요, 무엇에 비길 수 있을까요?[189]
바람 속에 세워진 듯 흔들리고 있습니다.
그러나 누군가의 손에 쥐어진 듯 편히 쉬고 있습니다.
그리고 그들의 눈 속에는
여름 소나기가 퍼붓는 밝은 초원의
장엄한 황혼 빛이 스며 있습니다.

그들은 너무나 조용해서 사물과 같습니다.
우리가 그들을 방 안으로 맞아들이면,
오랜 여행에서 돌아와 재회하는 친구들처럼
사소한 것들 속에 뒤섞여 보이지 않게 되고
말 없는 가구처럼 어두워져 갈 뿐입니다.

그들은 봉인된 보물들을 지키는 파수꾼 같습니다,
지키고 있지만 눈으로 본 적은 없는 보물들입니다.
조각배가 나르듯, 깊은 마음에 의해 운반되어
빨래터의 아마포처럼 넓게 펼쳐지며
드러나는 보물들입니다.

Und sieh, wie ihrer Füße Leben geht:

wie das der Tiere, hundertfach verschlungen

mit jedem Wege; voll Erinnerungen

an Stein und Schnee und an die leichten, jungen,

gekühlten Wiesen, über die es weht.

Sie haben Leid von jenem großen Leide,

aus dem der Mensch zu kleinem Kummer fiel;

des Grases Balsam und der Steine Schneide

ist ihnen Schicksal, — und sie lieben beide

und gehen wie auf deiner Augen Weide

und so wie Hände gehn im Saitenspiel.

Und ihre Hände sind wie die von Frauen

und irgendeiner Mutterschaft gemäß;

so heiter wie die Vögel, wenn sie bauen, —

im Fassen warm und ruhig im Vertrauen,

und anzufühlen wie ein Trinkgefäß.

Ihr Mund ist wie der Mund an einer Büste,

der nie erklang und atmete und küßte

und doch aus einem Leben das verging

das alles, weise eingeformt, empfing

und sich nun wölbt, als ob er alles wüßte —

보십시오, 그들의 발의 삶이 어떻게 흐르는지를:
짐승들의 삶처럼 길마다 수백 번씩 얽히고설키어
밟고 지나간 돌과 눈
그리고 지금도 바람이 스치는
밝고 서늘한 젊은 초원의 기억으로 가득합니다.

우리가 그때마다 잔걱정으로 빠지곤 하는
큰 고통 중의 고통을 그들은 겪습니다,
풀의 향기와 돌의 칼날,
이것은 그들의 운명, 그들은 이 모두를 사랑하여
당신 눈동자의 풀밭 위를 가듯
현악기에 손이 움직이듯 그렇게 갑니다.

그들의 손은 여인들의 손과 같습니다,
차라리 어머니의 손길입니다.
무언가 지을 때면 새들처럼 즐겁고
잡으면 따뜻하고 신뢰 속에 차분한
마치 잔처럼 느껴지는 손입니다.

그들의 입은 흉상에 새겨진 입과 같습니다,
소리를 낸 적도 숨 쉰 적도 입 맞춘 적도 없지만,
지나간 삶에서
모든 걸 훌륭히 다듬어 받아들이고
이제 모든 걸 아는 듯 둥글게 다문 입입니다.

und doch nur Gleichnis ist und Stein und Ding...

Und ihre Stimme kommt von ferneher
und ist vor Sonnenaufgang aufgebrochen,
und war in großen Wäldern, geht seit Wochen,
und hat im Schlaf mit Daniel gesprochen
und hat das Meer gesehn, und sagt vom Meer.

Und wenn sie schlafen, sind sie wie an alles
zurückgegeben was sie leise leiht,
und weit verteilt wie Brot in Hungersnöten
an Mitternächte und an Morgenröten
und sind wie Regen voll des Niederfalles
in eines Dunkels junge Fruchtbarkeit.

Dann bleibt nicht *eine* Narbe ihres Namens
auf ihrem Leib zurück, der keimbereit
sich bettet wie der Samen jenes Samens,
aus dem du stammen wirst von Ewigkeit.

Und sieh: ihr Leib ist wie ein Bräutigam
und fließt im Liegen hin gleich einem Bache,
und lebt so schön wie eine schöne Sache,

그저 비유이고 돌이며 사물일 뿐입니다.

그리고 그들의 목소리는 먼 곳에서 다가옵니다,
해 뜨기 전에 길을 나서
큰 숲속에 와 머물면, 몇 주일이 흐르고,
꿈속에서 다니엘[190]과 이야기하고,
바다를 보고 와, 이제는 바다를 말합니다.

그리고 잠이 들면 그들은 가만히 그들을 빌려준
모든 것에게로 다시 되돌려진 듯합니다,
굶주림으로 모두 허덕일 때의 빵 조각처럼
한밤중과 아침노을에 골고루 분배됩니다.
그들은 어둠의 풋풋한 생산력 위로
장엄하게 쏟아지는 빗줄기와 같습니다.

영원히 당신을 키워 낼 씨앗의 씨앗처럼
싹이 틀 자세로 잠들어 있는 그들의 몸에는
그들이 지녔던 이름의 흉터 하나
남아 있지 않습니다.

자, 보십시오, 그들의 몸은 신랑과 같습니다,
누워 있으면 시냇물처럼 흐르는군요.
그리고 멋진 사물처럼 그렇게 멋지게 살아 있습니다,

so leidenschaftlich und so wundersam.
In seiner Schlankheit sammelt sich das Schwache,
das Bange, das aus vielen Frauen kam;
doch sein Geschlecht ist stark und wie ein Drache
und wartet schlafend in dem Tal der Scham.

Denn sieh: sie werden leben und sich mehren
und nicht bezwungen werden von der Zeit,
und werden wachsen wie des Waldes Beeren
den Boden bergend unter Süßigkeit.

Denn selig sind, die niemals sich entfernten
und still im Regen standen ohne Dach;
zu ihnen werden kommen alle Ernten,
und ihre Frucht wird voll sein tausendfach.

Sie werden dauern über jedes Ende
und über Reiche, deren Sinn verrinnt,
und werden sich wie ausgeruhte Hände
erheben, wenn die Hände aller Stände
und aller Völker müde sind.

Nur nimm sie wieder aus der Städte Schuld,
wo ihnen alles Zorn ist und verworren

그토록 정열적으로, 그토록 놀랍게.
그들의 날씬한 몸에는 숱한 여인들에게서 온
유약함과 두려움이 모여 있습니다.
그러나 그 몸의 성(性)은 힘이 센 용처럼
부끄러움의 골짜기에서 자면서 기다립니다.

자, 보십시오, 그들은 계속 살아서 번성하리니
시간의 속박도 받지 않을 것입니다.[191]
그리고 숲속의 딸기 같은 감미로움으로
땅을 뒤덮으며 자라날 것입니다.

복되도다, 한 번도 떠나지 않고 지붕도 없이
빗줄기 속에 태연히 서 있던 이들이여,
그들에게 모든 수확은 돌아가고
그들의 열매는 천배나 가득 찰 것입니다.

그들은 모든 종말을 넘어서서,
영화가 기우는 왕국을 넘어 지속할 것입니다.
모든 계층, 모든 종족의 손이 지칠 때
그들은 푹 쉬고 난 손처럼
우뚝 설 것입니다.

그들을 다시 도시의 죄악에서 거두어 주소서,
보이는 것마다 분노를 자아내는 혼란스러운 곳,

und wo sie in den Tagen aus Tumult
verdorren mit verwundeter Geduld.

Hat denn für sie die Erde keinen Raum?
Wen sucht der Wind? Wer trinkt des Baches Helle?
Ist in der Teiche tiefem Ufertraum
kein Spiegelbild mehr frei für Tür und Schwelle?
Sie brauchen ja nur eine kleine Stelle,
auf der sie alles haben wie ein Baum.

Des Armen Haus ist wie ein Altarschrein,
drin wandelt sich das Ewige zur Speise,
und wenn der Abend kommt, so kehrt es leise
zu sich zurück in einem weiten Kreise
und geht voll Nachklang langsam in sich ein.

Des Armen Haus ist wie ein Altarschrein.

Des Armen Haus ist wie des Kindes Hand.
Sie nimmt nicht, was Erwachsene verlangen;
nur einen Käfer mit verzierten Zangen,
den runden Stein, der durch den Bach gegangen,
den Sand, der rann, und Muscheln, welche klangen;
sie ist wie eine Waage aufgehangen
und sagt das allerleiseste Empfangen

그곳에서 그들은 소란 속의 날들을
상처 입은 인내로 버티며 시들어만 갑니다.

대지에는 그들을 위한 자리는 없나요?
바람은 누굴 찾나요? 맑은 냇물은 누가 마시죠?
연못 깊은 물가의 꿈결 같은 그곳에는
문과 문턱이 비칠 한 자리조차 없나요?
그들이 필요한 것은 모든 것을 간직할
단지 한 뼘의 땅입니다, 마치 나무처럼.

가난한 자의 집은 제단의 성소와 같습니다.
그 안에서는 영원한 것이 음식으로 변하며
저녁이 되면 조용히
큰 원을 그려 가며 귀환하여
큰 여운과 함께 자기 안으로 사라집니다.

가난한 자의 집은 제단의 성소와 같습니다.

가난한 자의 집은 아이의 손과 같습니다.
그 손은 어른들이 요구하는 것은 잡지 않습니다.
알록달록한 촉수를 지닌 딱정벌레와
시냇물에 굴러온 둥근 돌과 고운 모래와
소리 나는 조개만 만지는 손입니다.
그 손은 천칭처럼 매달려 있어
오랫동안 흔들리며 접시의 위치를 잡아

langschwankend an mit ihrer Schalen Stand.

Des Armen Haus ist wie des Kindes Hand.

Und wie die Erde ist des Armen Haus:
Der Splitter eines künftigen Kristalles,
bald licht, bald dunkel in der Flucht des Falles;
arm wie die warme Armut eines Stalles, —
und doch sind Abende: da ist sie alles,
und alle Sterne gehen von ihr aus.

Die Städte aber wollen nur das Ihre
und reißen alles mit in ihren Lauf.
Wie hohles Holz zerbrechen sie die Tiere
und brauchen viele Völker brennend auf.

Und ihre Menschen dienen in Kulturen
und fallen tief aus Gleichgewicht und Maß,
und nennen Fortschritt ihre Schneckenspuren
und fahren rascher, wo sie langsam fuhren,
und fühlen sich und funkeln wie die Huren
und lärmen lauter mit Metall und Glas.

Es ist, als ob ein Trug sie täglich äffte,
sie können gar nicht mehr sie selber sein;

무엇이든 한없이 부드럽게 맞이합니다.

가난한 자의 집은 아이의 손과 같습니다.

그리고 대지와 같습니다, 가난한 자의 집은.
떨어질 때면 밝기도 어둡기도 한,
미래에나 존재할 수정 조각입니다.
마구간의 포근한 가난처럼 가난합니다.
그렇지만 저녁이면 가난은 모든 것입니다.
모든 별은 가난으로부터 떠오릅니다.

그러나 도시는 제 뜻만을 고집해서
모든 걸 제 흐름에 휩쓸어 넣습니다.
빈 나뭇조각처럼 동물들을 쪼개 버리고
많은 종족을 불쏘시개로 태워 버립니다.

그리고 도시의 인간들은 문화의 노예가 되어
균형과 절제를 잃은 채 깊은 나락에 빠져 있고
자기들의 달팽이 자국을 진보라 칭하면서
예전엔 느리게 가던 곳을 쏜살같이 달리고
자신을 창녀처럼 여겨 요란스레 번쩍거리며
금속과 유리를 부딪치며 큰 소음을 냅니다.

망상이 매일같이 그들을 우롱하여,
그들은 자신들이 누구인지 모릅니다.

das Geld wächst an, hat alle ihre Kräfte
und ist wie Ostwind groß, und sie sind klein
und ausgeholt und warten, daß der Wein
und alles Gift der Tier- und Menschensäfte
sie reize zu vergänglichem Geschäfte.

Und deine Armen leiden unter diesen
und sind von allem, was sie schauen, schwer
und glühen frierend wie in Fieberkrisen
und gehn, aus jeder Wohnung ausgewiesen,
wie fremde Tote in der Nacht umher;
und sind beladen mit dem ganzen Schmutze
und wie in Sonne Faulendes bespien, —
von jedem Zufall, von der Dirnen Putze,
von Wagen und Laternen angeschrien.

Und giebt es einen Mund zu ihrem Schutze,
so mach ihn mündig und bewege ihn.

O wo ist der, der aus Besitz und Zeit
zu seiner großen Armut so erstarkte,
daß er die Kleider abtat auf dem Markte
und bar einherging vor des Bischofs Kleid.
Der Innigste und Liebendste von allen,

돈은 점점 자라나 모든 힘을 얻고
동풍처럼 커져만 가는데, 인간들은 작고
속이 텅 빈 채, 동물과 인간의 체액으로
만든 온갖 독과 술이 그들을 무상한
일로 자극하기만을 기다립니다.

그리고 당신의 가난한 이들은 이 때문에 고통받고
보이는 모든 것으로 마음이 무거워져
열병에 걸린 듯 떨며 불덩이처럼 타오르고
찾아가는 집마다 내쫓기는 신세가 되어
한밤중의 낯선 주검들처럼 방황합니다.
그리고 온통 오물을 뒤집어쓴 채
햇볕 아래 썩어 가는 음식처럼 침 세례를 받고,
우연과 창녀들의 번쩍이는 장신구와 마차와
가로등이 내지르는 소리에 호통을 겪습니다.

그리고 만약 그들을 보호할 입이 있다면,
그 입을 성숙시켜 어서 움직여 주소서.[192]

아, 그[193]는 어디 갔는가, 소유와 시간을 떨치고
큰 가난으로 사뭇 강해져서는
시장 한복판에서 옷을 벗어 던지고
주교의 법복 앞에 벌거벗고 섰던 그는.[194]
누구보다도 마음씨 고우며 사랑 가득한 사람,

der kam und lebte wie ein junges Jahr;

der braune Bruder deiner Nachtigallen,

in dem ein Wundern und ein Wohlgefallen

und ein Entzücken an der Erde war.

Denn er war keiner von den immer Müdern,

die freudeloser werden nach und nach,

mit kleinen Blumen wie mit kleinen Brüdern

ging er den Wiesenrand entlang und sprach.

Und sprach von sich und wie er sich verwende,

so daß es allem eine Freude sei;

und seines hellen Herzens war kein Ende,

und kein Geringes ging daran vorbei.

Er kam aus Licht zu immer tieferm Lichte,

und seine Zelle stand in Heiterkeit.

Das Lächeln wuchs auf seinem Angesichte

und hatte seine Kindheit und Geschichte

und wurde reif wie eine Mädchenzeit.

Und wenn er sang, so kehrte selbst das Gestern

und das Vergessene zurück und kam;

und eine Stille wurde in den Nestern,

und nur die Herzen schrieen in den Schwestern,

die er berührte wie ein Bräutigam.

그는 세상에 나와 젊은 봄처럼 살았습니다.
그는 당신의 나이팅게일의 갈색 형제,[195]
그의 내면은 지상에 대한 경탄과
환희와 황홀로 가득 찼습니다.

그는 갈수록 기쁨을 잃어 가는
지친 자들 가운데 하나가 아니었기에,
풀밭 길을 따라 거닐며 작은 형제들[196]과
더불어 작은 꽃들과도 이야기를 나눴습니다.[197]
그리고 자신에 대해서, 자신이 어떻게
모두에게 기쁨을 전하는지도 이야기했습니다.
그의 밝은 마음은 끝이 없었으며,
소소한 것도 그냥 지나치는 일이 없었습니다.

그는 빛에서 나와 점점 더 깊은 빛을 향해 갔으며,
그의 수도실은 즐거움으로 가득 찼습니다.
얼굴에는 끝없이 미소가 떠올랐고,
그 미소에는 어린 시절과 이야기가 담겨
소녀 시절처럼 성숙해 갔습니다.

그리고 그가 노래를 부르면[198] 어제의 것과
잊힌 것조차도 되돌아왔습니다.
보금자리마다 고요가 찾아들었고
신랑처럼 그가 마음을 흔들어 놓은
수녀 자매들[199]의 가슴은 소리 질렀습니다.

Dann aber lösten seines Liedes Pollen
sich leise los aus seinem roten Mund
und trieben träumend zu den Liebevollen
und fielen in die offenen Corollen
und sanken langsam auf den Blütengrund.

Und sie empfingen ihn, den Makellosen,
in ihrem Leib, der ihre Seele war.
Und ihre Augen schlossen sich wie Rosen,
und voller Liebesnächte war ihr Haar.

Und ihn empfing das Große und Geringe.
Zu vielen Tieren kamen Cherubim
zu sagen, daß ihr Weibchen Früchte bringe, —
und waren wunderschöne Schmetterlinge:
denn ihn erkannten alle Dinge
und hatten Fruchtbarkeit aus ihm.

Und als er starb, so leicht wie ohne Namen,
da war er ausgeteilt: sein Samen rann
in Bächen, in den Bäumen sang sein Samen
und sah ihn ruhig aus den Blumen an.
Er lag und sang. Und als die Schwestern kamen,
da weinten sie um ihren lieben Mann.

그러면 그의 노래의 꽃가루는
그의 붉은 입술에서 살며시 풀려 나와
꿈꾸듯 사랑스러운 존재들을 향해 밀려갔으며
열려 있는 화관 속으로 떨어져
천천히 꽃바닥에 내려앉았습니다.[200]

그들은 그 순수함을 몸으로 받아들였습니다,
그들의 몸은 그들의 영혼이었습니다.
그리고 그들의 눈은 장미처럼 감기었으며
그들의 머리카락은 사랑의 밤으로 물결쳤습니다.

크고 작은 것 모두가 그를 맞았습니다.
천사들이 많은 짐승에게로 찾아와
그들의 암컷이 새 생명을 이룰 것이라 전했습니다.
천사들은 아름다운 나비 모습을 하고 있었습니다.
모든 것이 그를 알아보았기에[201]
그로부터 잉태가 있었습니다.

그가 마치 이름도 없는 듯 홀홀히 죽어 갔을 때
그는 곳곳에 퍼졌습니다.[202] 그의 씨앗은 냇물을 따라
흘러내렸고 나무들 사이에서 노래 불렀으며
꽃들 속에서 그를 조용히 바라보았습니다.
그는 누워 노래했습니다. 그리고 자매들은 와서
사랑하는 그들의 남자를 위해 눈물을 흘렸습니다.

O wo ist er, der Klare, hingeklungen?
Was fühlen ihn, den Jubelnden und Jungen,
die Armen, welche harren, nicht von fern?

Was steigt er nicht in ihre Dämmerungen —
der Armut großer Abendstern.

오, 맑은 이, 그는 어디로 울려 사라졌는가?
기다리는 가난한 이들은 왜 그를,
환호하는 이, 그 젊은이를 멀리서 느끼지 못하는가?

왜 그는 그들의 어스름 속에 떠오르지 않는가?
　가난의 큰 저녁별은.

라이너 마리아 릴케(1913년)

1) 『기도시집』의 시적 화자인 "나"는 러시아 수도사로서 성화를 그리는 화가이자 시를 쓰는 시인이다.

2) 러시아의 성화는 황금빛 바탕에 그려졌다.

3) 어딘가에 얽매이거나 갇혀 있던 영혼을 풀어 준다는 의미로 자유와 해방을 뜻한다. 예술품이 감상자에게 영향을 끼치는 것을 말한다.

4) 릴케는 『기도시집』 제1부 '수도사 생활의 서'를 초고 단계에서는 '기도들(Gebete)'이라고 불렀다. 초고의 이 시 작품 끝에는 다음 글이 적혀 있다. "오랜 비가 걷힌 뒤 숲 사이로, 또 나를 뚫고 햇살이 빛난 9월 20일 저녁에."

5) 세상 곳곳에까지 미친다는 의미로 시적 화자의 체험이 심화됨을 말한다. 이른바 '연륜'을 풀어서 쓴 구절이다.

6) 시적 화자는 그의 삶의 과제와 성취를 신에 대한 봉사에서 찾는다. 그 끝없는 과정을 절실하게 표현한 구절이다.

7) 1899년 9월 20일에 쓴 이 시의 초고 끝에는 "다시 바람과 구름이 찾아온 같은 날 저녁에"라는 메모가 적혀 있다.

8) "남쪽 나라"는 이탈리아를 지칭한다.

9) 주관적이고 개성적인 채색 및 표현을 모두 포기하는 러시아의 종교화가들과 다른 이탈리아 화가들의 성화 제작 기법을 말한다.

10) 이탈리아의 화가(1488년경~1576년). 긴 일생을 통하여 종교화, 역사화, 초상화 등의 많은 명작을 남겼다.

11) 『기도시집』의 러시아 수도사는 『피렌체 일기』(1898)에서 자주 언급되는 이탈리아의 종교화가 형제들과 연관을 맺고 있다. 이것은 릴케의 이탈리아 여행(1898)의 소산이다.

12) 1899년 9월 20일에 쓴 이 시의 끝에는 "같은 날 저녁 서재에서"라고 적혀 있다.

13) 러시아의 성화는 일정한 형식에 따라 그리게 되어 있다. 성화를 그리는 "성자"는 이렇게 해서 신을 드러내기보다는 감추었다.

14) 죽음의 테마는 이미 이곳에서부터 시작되며, 시인은 『두이노의 비가』 「1비가」의 "이제 그 젊은 죽음들이 너를 향해 소곤댄다./ 네가 어디로 발을 옮기든, 로마와 나폴리의 교회에서/ 그들의 운명은 조용히 네게

말을 건네지 않았던가?" 같은 구절처럼 소년의 이른 죽음을 시로 다룰
사명을 갖는다. 이 시에서는 그런 나무 역할을 시적 화자가 맡는다.

15) 러시아의 성화는 교회의 일반 기도자들의 공간과 제단이 있는 방을
    나누는 이코노스타시스(그림벽)에 걸려 있다.

16) 모든 명칭은 신을 향한 접근의 시도에 불과할 뿐이며, 어떤 형상도
    신에게 도달할 수는 없다는 신비주의의 깊은 비극을 표현해 주는
    구절이다.

17) 이 시 작품의 끄트머리에 덧붙여진 초고의 일기체 산문 역시 이러한
    시적 분위기를 일깨워 주고 있다. "집으로 돌아오는 길에 보니 서편
    하늘의 침침한 잿빛 사이로 밝게 타오르는 한 점 붉은빛이 떠올라
    구름을 새로운 진귀한 보랏빛으로 물들이고 있었고, 지금까지 본 적
    없는 저녁이 바르르 떠는 나무들 뒤편에 펼쳐졌다. 이것을 수도사는 한
    세기가 넘어가는 시점에 하나의 징표로 여기고는 그 앞에 숙연해졌다."

18) 신이 태초에 "삶"이라는 말은 "크게" 하고, "죽음"이라는 말은 "나직이"
    했다는 표현에서 간파할 수 있듯이, 비록 "삶"의 하위에 위치하긴
    하지만, "죽음"은 우선 종교적으로 보아 긍정적으로 묘사된다. 삶과
    죽음이 신의 섭리 아래 하나의 원숙한 원을 그리는 것이다.

19) 카인에 의한 아벨의 죽음, 즉 인류 최초의 살인을 말한다.

20) 시적 화자가 인류의 첫 번째 살인에 대한 성경의 이야기를 보고 놀란
    것은, 죽음 자체 때문이 아니라, 이 이야기가 신이 원한 성숙 과정을
    벗어나는 죽음에 대해서 다루고 있기 때문이다.

21) 초고에는 이 문장 앞에 다음 글이 놓여 있다. "수도사는 폭풍우 치는
    저녁에 성경을 읽다가 모든 죽음에 앞서 아벨의 죽음이 있었음을
    알게 되었다. 그때 그는 마음 깊이 소스라치게 놀랐다. 몹시 불안해진
    수도사는 밖으로 나가 숲으로 가서 모든 빛과 모든 향기, 그리고 숲에서
    그의 생각의 어지러운 말들보다 크게 노래하는 많은 경건한 소리를
    불러들였다. 그러던 어느 날 밤 다음과 같은 구절이 떠올랐다."

22) 성경에서 카인은 신이 찍은 낙인을 통해 보호된다. 릴케는 이 신화를
    변형하여 카인을 살인자의 영원한 원형으로 만든다. 그에겐 밤으로의
    입장이 영원히 거부된다.

23) 특정인을 말하는 것은 아니다. 창조적인 일을 하는 위대한 고독자 중의
    하나로 볼 수 있다.

24) 초고의 이 시 끝에는 다음 구절이 놓여 있다. "수도사는 많은 낯선

생각들에 사로잡혔다. 그것들은 마치 한 무리의 손님들 같았다. 그때 그는 마음에서 우러나온 이 시를 지어 마침내 다시 신에게 되돌아온다. / 24일, 숲에서 주일날 모인 사람들과 함께 있을 때."

25) 초고에는 이 시 아래 다음 구절이 적혀 있다. "수도사는 마음 깊은 곳이 환해지면서 자신이 모든 것에 바쳐져, 세상의 모든 황금 위에 광채가 하얗게 빛을 발하듯 자신이 모든 기쁨에 편재함을 느낀다. 그리고 그는 계단을 오르듯 자신의 시를 밟으며 올라간다. 그리고 결코 지치지 않는다."

26) 초고에는 이 시 아래 다음 구절이 적혀 있다. "이제 수도사는 신에게 아주 가까이 다가섰다. / 같은 날 저녁에."

27) 초고에는 이 시 앞에 다음 구절이 적혀 있다. "그리고 수도사는 두 손을 합장하고 달밤 속에 서 있었다. 옆에 있는 나무들처럼 경건한 어둠 속에 묻힌 채로. 그리고 그는 수많은 감정을 다듬었고, 혼란스러움과 조야함에서 비롯된 말임에도 그것들은 시가 되었다."

28) "자뭄"은 북아프리카 또는 아라비아 사막에 불어닥치는 열풍, 즉 모래 섞인 폭풍을 말한다.

29) 이 구절은 사물에 대해 말한 초기의 다음 일기 구절과 상당한 유사성을 보인다. "경멸받는 보잘것없는 사물들일지라도 고독한 사람의 자비롭고 포근한 손이 닿으면 원기를 되찾는다는 것을 모르는가? 사물들은 작은 새처럼 몸에 온기가 돌아오고 몸을 움직이고 눈을 뜬다. 그리고 그들의 내부에서는 심장이 뛰기 시작한다. 이 심장 소리는 어마어마한 바다의 높은 파도처럼 엿듣는 손바닥 안에서 올라갔다 떨어졌다 한다."

30) 초고에는 이 시 끝에 다음 구절이 적혀 있다. "이 시의 마지막 부분은 수도사가 숨 가쁘게 정원에서 나와 살며시 달빛이 스며드는 작은 수도실의 문턱을 막 넘으려는 순간 떠올랐다. 시는 이미 끝나 있었다. 편안하고 조화로운 기분이 들어 그는 얼른 이부자리를 펴고 이날 밤에는 생각하거나 기도도 하지 않고 잠들기로 마음먹었다. 그러나 잠들기 전에 짧은 시 하나가 떠올라 그는 시를 생각하며 미소를 머금었다."

31) 이 시의 초고에는 시 앞에 다음 같은 산문이 적혀 있다. "그러나 그날 밤 수도사는 도중에 잠에서 깼다. 옆방의 형제가 우는 소리가 들렸다. 그는 그 소리를 듣고는 자리에서 일어나 허리띠를 두르고 형제의 방으로 건너갔다. 나이가 어린 수도사는 금세 울음을 그쳤다. 그러나 잠에서 깬

수도사는 눈물로 얼룩진 채 겁먹은 조용한 얼굴을 창문의 좁은 달빛 쪽으로 데리고 가 닫힌 책이라고 부르며 어딘가를 펼치고는 번쩍거리는 페이지를 읽기 시작했다."

32) 초고의 이 시 앞에는 "그때 수도사는 환호했다."라는 구절이 적혀 있다.

33) 자연스러움을 간직하고 있었다는 뜻이다.

34) 1898년 7월 11일 자 초기 일기에서 릴케는 말한다. "그러므로 진정한 사람은 자신을 최초의 인간으로 느껴야 한다. 왜냐하면 그와 더불어 시작되는 세계에는 아직 역사가 없기 때문이다."

35) 새로 온 젊은 수도사는 새로운 공간에 적응한다.

36) 신을 "그물"로 보는 릴케의 관점은 전기적으로 볼 때 1899년 6월 7일 자 페테르부르크에서 쓴 편지에 그 기원을 두고 있다. "숱한 경험과 인상들이 손댈 수 없을 정도로 여태껏 정리되지 않은 채 무질서하게 나의 내면에 쌓여 있습니다. 밤늦게 귀가하는 어부처럼 나는 나의 어획물을 그물의 무게로만 어림잡아 볼 수 있으며, 어획물을 낱낱이 헤아리며 새로운 발견물인 것처럼 기뻐하기 위해서는 아침을 기다려야 할 따름입니다."

37) 초고에는 시 끝에 다음 구절이 놓여 있다. "비가 하염없이 내리던 어느 날, 머리가 이상하게 큰 버섯들이 숲속 나무둥치들을 에워싸고 있었고, 햇빛이 거의 없어서 시든 포도 넝쿨의 젖은 새빨간 나뭇잎에 반사되는 빛을 겨우 알아볼 수 있었다. (26일 저녁 무렵에)"

38) 공장(工匠) 밑에서 일을 배우는 사람.

39) 시적 화자의 "그리움"을 "천사"로 의인화하여 서술하고 있다. 『두이노의 비가』의 천사의 본질을 선취하고 있다.

40) 초고에는 이 시 끝에 이런 글이 적혀 있다. "그때 수도사는 다음 시를 답을 하듯 떨며 써 내려갔다."

41) 어둠과 침묵에 잠긴 신을 천사들은 그릇되게 빛 속에서 찾으려 한다.

42) 경건성의 표현으로서 이를테면 성당의 대리석으로 된 예술품을 말한다.

43) 이탈리아 르네상스를 말한다. 빛과 어둠으로 대변되는 이탈리아와 러시아라는 이분법은 이후 이어지는 여섯 편의 시에서 두드러진다.

44) 어두침침하게 그려진 러시아 성화와 관련되는 시구다.

45) 초고에는 이 시 끝에 "회상과 흥분 속에서."라는 말이 덧붙여져 있다.

46) 이탈리아의 전기 르네상스 시기를 말한다.

47) 릴케의 초기 일기의 "이 사람들이 자신들의 심연을 바라보기

시작했다는 사실을 잊지 마시오."라는 대목 참조.

48) 초고에는 이 시 끝에 다음 글이 적혀 있다. "수도사는 어느 큰 책에서
미켈란젤로의 모세상을 그림으로 보았다. 그는 또한 피렌체 대성당의
제단 뒤에 있는 미완성의 피에타를 그림을 통해 알고 있다."

49) 릴케의 생각에 이탈리아 르네상스는 제대로 완성을 보지 못했다. 봄만
있었지, 여름도 없었고 결국엔 가을도 맞지 못했다.

50) 릴케는 이탈리아 르네상스의 특징을 신보다 "신의 아들", "말씀"의
화신인 예수 그리스도를 선호한 데서 찾고 있다. 1900년 10월 4일 자
초기 일기에 릴케는 이렇게 적고 있다. "젊은이들에게 (…) 그리스도는
큰 위험이며, 너무 가까운 존재이고, 신을 감추는 자이다. 그들은
인간적인 것의 척도로 신적인 것을 찾으려는 데 익숙해지고 (…)
나중에는 쓰라린 영원성의 대기 속에서 얼어 죽게 된다."

51) 앞의 시의 '소년 예수'와 상응되게 소녀티를 채 벗지 못한 '마리아'가
등장한다.

52) 시편 128장 3절 "네 아내는 열매를 맺은 포도나무와 같으리라." 참조.

53) 릴케는 "위대한 자"로 암시된 예수의 탄생을 뒷날로 유보하고 있다.

54) 릴케는 이탈리아 르네상스 시기의 종교화가 산드로 보티첼리(1445-
1510)를 "슬픔에 잠긴 성모 마리아의 화가"라고 칭송한 바 있다.

55) 이 구절은 보티첼리의 그림 〈촛대를 든 (일곱) 천사들에 둘러싸인, 아이
안은 마리아〉를 암시한다.

56) 초고에는 이 시 끝에 다음 글이 적혀 있다. "그의 성화에서 밖으로 나와
마리아는 먼 길을 떠도는 중이라고 수도사는 생각한다. 그녀는 수 세기
전에 은빛 성상에서 벗어나 형상과 작품으로 세상을 주유하는 중이다.
그러다가 피곤하면 그녀는 다시 성화 안으로 들어간다. 그리고 그녀의
아이를 다시 은빛 요람에 눕히고 곁에 앉아 노래 부르리라… 시간은
원과 같기 때문이다. 기다리고 있는 시작을 향해 성숙이 주어지는 날은
축제와 같으리라."

57) 여기의 "땅"은 러시아를 지칭한다. 릴케는 1904년 2월 14일에 엘렌
케이에게 쓴 편지에서 이렇게 말한다. "러시아, 그 땅에 사는 사람들은
고독한 사람들이고, 모두 하나의 세계를 안에 갖고 있고, 모두 산과
같은 어둠으로 가득 차 있으며, 모두 깊은 겸손함을 지니고 있고,
자신을 낮추는 데 두려움이 없어 경건합니다. 먼 미래로, 불확실함으로
그리고 희망으로 가득 차 있는 사람들입니다. 생성되어 가는

존재들입니다. 그리고 이 모든 것 위에 확정되지 않은, 영원히 모습을
바꾸는, 성장하는 신이 자리합니다."

58) "고독하다는 것은 (……) 흐트러짐이 없다는 것, 자신을 기반으로
한다는 것, 자기 고유의 삶과 고유의 힘을 갖고 있다는 것을
말합니다."(1904년 2월 14일 자 엘렌 케이에게 쓴 릴케의 편지)

59) 릴케는 초기 산문 「사물의 멜로디에 대하여」와 초기 일기에서 많은
고독한 사람들로 이루어진 새로운 공동체의 유토피아를 거듭 강조한 바
있다.

60) 초고에는 이 시 끝에 다음 구절이 적혀 있다. "더없이 경건한 밤에
수도사에게 이런 계시가 있었다."

61) 죽음은 외부에서 오는 것이 아니라 자기 내면에서 자라나는 것이다.

62) 초고에는 시 끝에 다음 글이 적혀 있다. "그리고 수도사는 이날
밤에 앞으로는 더욱 죽음을 자신과 신의 공동의 적으로 생각하기로
마음먹었다."

63) 초고의 이 시 앞에는 다음 구절이 놓여 있다. "아침에 깊은 잠에서
깨어난 수도사는 태양을 향해 진지하게 말했다."

64) 러시아 농가에서는 화덕이 침상으로도 사용되었다.

65) 초고에는 시 끝에 이런 글이 적혀 있다. "그래서 수도사는 축복받은
마음으로 그날을 시작했다."

66) 초고에는 이 시 앞에 다음 구절이 놓여 있다. "마음이 혼란스러운
밤이면 수도사는 언젠가 울고 있는 것을 보았던 그 젊은 수도사 형제를
생각하고 마음속으로 그를 향해 이렇게 말했다."

67) 자기 내면의 "수치심"을 소중한 "신부"처럼 받아들여야 한다는 의미로
해석할 수 있다.

68) 수도사의 금욕 생활과, 시에서 "뒤숭숭한 마음"이라고 표현된 성, 그리고
성을 종교적으로 생산적인 쪽으로 전환시키는 것이 앞의 시와 이번
시의 테마이다.

69) 초고의 이 시 앞에 다음 글이 적혀 있다. "같은 날 수도사가 이렇게
썼을 때 천사가 수수한 회색빛의 물같이 흐르는 옷차림으로 그의
골방에 나타났다. 영원히 그 수도사에게 정해진 천사였다. 천사의
이마는 수천의 날들을 끌고 들어왔다. 그 형체 뒤에서는 후광이 붉게 타
수도사를 감싸기 시작했다."

70) 말씀을 통한 세계 창조를 뜻한다.

71) 초고에는 이 시 끝에 다음 글이 적혀 있다. "그리고 수도사는 자기 나라의 역사를 생각하고 지난날 그 역사가 열병으로 앓아누웠음을 느낀다. 그러나 동시에 그는 이제 그 역사의 병 가운데 많은 부분이 낫고 진정되었음을 알고 있다."

72) 초고에는 이 시 앞에 다음 글이 놓여 있다. "밤은 여전히 혼란스러웠다. 그러나 수도사는 이 선량한 기도 속에서 아침을 맞았다."

73) 초고에는 이 시의 끝에 다음 같은 글이 적혀 있다. "수도사는 자신이 속세에서 지녔던 이름을 전혀 생각하지 않는다. 지금 갖고 있는 이름도 거의 떠오르지 않는다. 그 이름은 그의 영혼 속에서 찬양의 노래를 부르기 위해 대천사의 말이 건너는 다리일 뿐이기 때문이다."

74) 릴케가 성경의 신화를 극단적으로 변형하고 있어서 해석하기 힘들기는 하지만 이 구절은 이해하거나 말할 수 있는 것에 대한 현시대의 제한된 세계관을 암시하는 것으로 보인다. 이 시의 마지막 구절("당신이 뿔피리를 불었다는 소문만 있을 것입니다.")은 먼 전설로만 존재하는 신을 나타낸다.

75) 초고에는 이 시 끝에 다음 글이 적혀 있다. "시들어 가는 린덴나무 가로수 길을 따라 혼자서 오랫동안 이리저리 거닐고 싶은 그리움이 수도사에게 밀려온 어느 맑은 가을날에. (10월 1일)."

76) 신의 천지창조를 말함.

77) 두려움에 빠진 인간들이 교회 건축을 통해 신에게 형상을 부여한 것을 말한다.

78) 시적 화자는 성화를 그리는 화가이므로 성화를 완성했을 때의 환희를 알리는 구절이다.

79) 원어 "Risse"는 건물의 설계도나 초안을 말한다.

80) 원어는 "Hindernisse"이다. 건축이나 미술 작업을 진행하는 데 방해되거나 난해한 사항을 말한다.

81) 러시아 성화에서 얼굴이나 손을 직접적으로 그리지 않고 선과 타원형을 써서 암시적으로 표현하는 형식.

82) 초고에는 이 시 끝에 다음 글이 적혀 있다. "수도사의 경건함은 이렇다. 이 경건함의 자세로 신을 새로 얻지 못한 것 같은 날에는 이 경건함으로 그는 신을 멀리한다."

83) 그리스도가 예루살렘에 입성했을 때 이스라엘 백성들이 올린 환호성을 암시한다. 「마태복음」 21장 참조.

84) 구약 성경 「역대상」 15, 16장 참조. 하나님의 궤와 관련하여 다윗이
하나님을 향해 올린 감사 찬양을 말한다.

85) 초고에는 시 끝에 다음 글이 적혀 있다. "밤이 되었을 때 수도사는
큰 소리로 이렇게 노래했다. 모든 형제들의 마음의 문이 열렸고 매일
하는 저녁 독경 대신 이 위대한 기도가 웅장하게 그들의 가슴을 뚫고
지나갔다."

86) 신을 말한다.

87) 상대를 제압하는 진정한 무기는 침묵이다.

88) 초고에는 시 끝에 다음 글이 적혀 있다. "수도사는 깊은 황홀감을
영혼에 느끼며 이 찬송가를 불렀다. 그는 '도시들'이라는 말로, 아직
마음의 문을 동방에 열지 않아 아무 성과도 이루지 못한 다른
수도사들을 생각하고 있었다. 그들은 일하는 날의 기쁨도, 예감으로
가득 찬 저녁도, 또한 첫 저녁을 이어 밤의 시작도 경험하지 못했다.
더욱이 그들은 자신의 내면에 숨겨진 형상들과 떨리는 몸짓이 만들어
내는 깊고 놀라운 첫 경험을 맞이하지 못했다. 이러한 형상들과
몸짓들을 위해 구원의 천사들이 '타지에서 온 당연한 해방자'로서
그들을 찾아온다. 이 밤이 지나면 형상들과 몸짓들은 더는 얼굴을 가린
채 신 앞에 서지 않아도 된다. 신은 그들이 부끄러워했던 그 시간 동안
이미 완성된 것이기 때문이다."

89) 빛의 천사이자 타락천사.

90) 타락천사 루시퍼는 지옥의 군주이기 때문에 이어 나오는 "시간"의
왕국은 암묵적으로 악마적인 것으로 비난의 대상이 된다.

91) 초고에는 이 시 끝에 다음 글이 적혀 있다. "수도사는 유혹에 넘어가
저지른 자신의 과한 행동에 대해 깊이 후회했다."

92) 시인은 여기서 "행동"과 "마음"을 대비하여 보여 준다. 행동을 통해서만
신을 만날 수 있다.

93) 초고에는 "하늘은 헌신합니다, 하늘은 선택할 수 없으니까요."라고 되어
있다.

94) "도망치는 자"는 행동으로 신을 만나지 않고 마음으로만 생각하는 자를
말한다.

95) "소리 나는 곳"은 출처를 뜻한다.

96) 초고에는 시 끝에 다음 구절이 적혀 있다. "10월 1일 (늦게) 수도사의 밤
기도."

97) 릴케가 보는 관점에 의하면, 죽어 가는 차르는 외적인 권력만 잃을 뿐이며 반대로 수도사처럼 내적인 눈을 획득한다.

98) "고수다르"는 '독재자'라는 뜻으로 차르의 별칭이다.

99) 이 구절은 사울 앞에서 한 다윗의 하프 연주를 암시한다. 구약 사무엘상 16장 23절 "하나님의 악신이 사울에게 나타나자 다윗이 수금(手琴)을 들고 손으로 타니 사울이 말끔하게 낫고 악신이 그에게서 떠났다." 참조.

100) 초고에는 시 끝에 다음 구절이 있다. "(10월 2일) 아침 숲속에서 나무줄기들 사이를 햇볕에 흠뻑 젖은 현들의 떨림 사이로 울리는 음처럼 황금빛 반짝이며 뛰어가는 노루들을 보면서."

101) 이 시 앞에는 다음 구절이 놓여 있다. "수도실에서 아침 햇살을 맞으며 수도사는 책 위에 몸을 구부린 채 썼다."

102) 이 구절은 『두이노의 비가』 「10비가」의 '그리고 둘은 왕관을 쓴 머리를 보고 놀란다,/ 그 머리는 인간의 얼굴을 별들의 저울 위에/ 올려놓고 있었다, 말없이 그리고 영원히.'라는 구절을 연상케 한다. "저울"을 통해 인간 실존의 의미를 가늠하고 되새겨 보는 행위이다. "인간"과 "시간"은 같은 맥락이다.

103) 원문을 살펴보면, 문법상 주어가 "das"("das Auge")이므로 본디 동사 3인칭 현재형으로 "schaut"("지켜봅니다")를 써야 하나 "Braue"("눈썹")와 운을 맞추기 위해 "schaue"를 쓴 것으로 보인다. 내용상으로는, 신을 짓는 일, 즉 자기 자신을 완성하는 일을 끊임없이 수행하겠다는 다짐이다.

104) 초고의 시 끝에는 "10월 2일, 부드러운 저녁 구름 아래서."라는 글이 적혀 있다.

105) 모스크바에 있는 우스펜스키 대성당을 말한다. 릴케는 1899년 러시아 부활절 때 이 성당을 방문한 바 있다.

106) 소재상으로 이 시는 상당히 꼼꼼하게 러시아 교회의 특징이라 할 수 있는 이코노스타시스(그림벽)에 그려진 성화들을 다루고 있다. 보통 이 이코노스타시스에는 세 개의 문이 있는데, 그중 가운데 있는 가장 큰 문은 "황제의 문"이라고 불린다.

107) 이코노스타시스의 아래 열의 그림들은 17세기 이후로 금이나 은으로 된 얇은 금속판으로 덮였는데, 타원형의 구멍을 통해서만 그 안에 있는 성자들의 얼굴과 손을 볼 수 있게 되어 있다.

108) 초고에는 시 끝에 다음 글이 적혀 있다. "(10월 2일) 그때 수도사는 모스크바 우스펜스키 교회에서 올렸던 기도를 회상했다."

109) "갈색 모반"은 성모 마리아를 그린 성화에서 신의 역사(役事)가 함께함을 알리는 간접적인 기호로 표현된 것이다.

110) 성모 마리아의 아버지이며, 예수 그리스도의 외할아버지.

111) 시적 화자가 신의 일부가 되는 신비주의적 합일을 표현한 시 작품이다.

112) 게르만 민족들이 사용했던 고대 문자 체계.

113) 초고에는 이 시 앞에 다음 글귀가 적혀 있다. "이어 수도사는 이날 아침 그의 감정 속에 흩어져 있던 아침 기도를 기록했다. 그것은 다음과 같다."

114) 초고에는 시 끝에 이렇게 적혀 있다. "10월 5일. 사람들 사이를 걷다가 돌아온 저녁, 피곤함을 느끼면서."

115) 초고에는 이 시 끝에 다음 구절이 적혀 있다. "(10월 5일) 수도사는 이튿날 내내 다른 길을 가야 했다. 마차와 기수, 부자들 그리고 의미 없이 축제를 즐기는 사람들의 길을 통과하여."

116) 초고에는 이 시 앞에 다음 글이 있다. "10월 10일 저녁에 수도사는 숲에서 기도를 올렸다. 숲 너머로는 기울어 가는 가을의 붉은 노을빛이 짙게 깔렸다. 노을 자락 끝에는 커 가는 달의 가느다란 윤곽이 창백하게 시작되고 있었다."

117) 이스라엘 민족은 이집트에서 귀환할 때 하늘에서 떨어진 만나로 연명했다.(출애굽기 16장, 민수기 11장 참조.)

118) 초고의 이 시 끝에는 다음 구절이 놓여 있다. "사람들이 있는 곳을 다녀와 수도사는 몹시 고독을 그리워하며 밝은 가을 달빛이 비치는 수도실로 돌아왔다. 잿빛 저녁, 햇살도 없이 비가 쏟아지려 했다."

119) 쿠르간은 남부 러시아에 있는 봉분 형태의 선사 시대 분구묘 양식을 말한다. 릴케의 『사랑하는 하나님 이야기』 중 「정의의 노래」의 다음 구절 참조. "쿠르간이란 지나간 선조들의 무덤으로 초원 전체에 걸쳐 잠들어 굳어 버린 파도처럼 굽이치고 있어요. 그리고 과거의 무덤들이 산을 이루는 이곳에서 인간들은 깊은 골짜기가 되지요. 그곳에 사는 사람들은 깊고 어둡고 과묵하고, 그들이 사용하는 말은 그들의 실제 삶 위로 걸쳐 있는 흔들리는 약한 다리일 뿐이지요. (…) 가끔 검은 새들이 무덤들 위에서 하늘로 날아오르기도 해요. 가끔 거친 새 울음소리가 어둠에 잠긴 사람들 가슴속으로 파고들어 깊은 심연에서 사라지고,

반면 새들은 하늘 너머로 사라지지요."

120) 「정의의 노래」 중 다음 구절 참조. "바로 그 순간 문이 덩치가 큰
거무스레한 무언가에 가려 어두워졌어요. 뭔지 모를 그것은 온 저녁을
다 쫓아 버리고 오두막 안으로 밤을 몰고 들어와 큰 덩치로 불안스레
발을 앞으로 내디뎠지요. (…) 이제 모두가 그의 얼굴을 알아보았지요.
눈먼 코브자르 중의 한 사람이었어요. 그는 노인이었는데 열두 줄의
악기 반두라를 들고 이 마을 저 마을을 누비며 카자흐족의 대단한
명성과 용맹심과 충성심, 카자흐족의 우두머리였던 키르디아가,
쿠쿠벵코, 불바를 비롯한 여러 인물을 노래했고, 사람들은 모두 귀를
기울여 들었지요." 여기의 코브자르, 즉 눈먼 음유 가수는 신이다.

121) 음유시인인 노인이 눈먼 모습으로 들려주는 엄청난 이야기를 말한다.

122) 이 시 밑에 적혀 있는 초고의 산문은 앞의 시와 함께 이 시의 해설로
읽을 수 있다. "(10월 4일) 오래된 연대기에서 수도사는 백발의 눈먼
가수들 이야기를 읽었다. 그들은 그 옛날 드넓은 우크라이나에 밤이
찾아오면, 이 골목 저 골목으로 헤매며 다니던 코브자르 일가이다.
그런데 수도사에게는 이런 생각이 든다. 지금 백발이 성성한 어느
코브자르 하나가 그 넓은 땅을 지나 문턱이 허물어지고 인적마저 끊겨
적막하기만 한, 고독이 서린 문들을 향해 걷고 있다. 그리고 그 안에
살며 깨어 있는 이들로부터 다시 그의 많은 노래를 가져오고, 그 노래는
우물 속으로 들어가듯 그의 눈먼 곳으로 가라앉는다. 노래가 그를 떠나
바람과 함께 빛을 향해 걷던 시절이 이미 지나가 버린 까닭이다. 모든
소리는 되돌아온다."

123) "너"는 시적 화자 자신이다.

124) 『기도시집』 제1부 '수도사 생활의 서'가 완성된 후(1899년) 릴케는
1900년에 루 살로메와 두 번째 러시아 여행길에 오른다. 그는 이 여행이
그의 문학에 많은 자극과 영향을 줄 것으로 기대한다. 그러나 여행에서
돌아온 후에도 기대한 만큼의 성과가 없자 그의 많은 일기와 편지들이
증명해 주듯이 그는 실존적, 예술 창작적 위기에 처하게 된다. 그러다
약 1년에 걸친 방황을 극복하고 1901년 9월에 이르러 비로소 제2부의
완성을 보게 되는데, 이 단계에서 중요한 사항은 그가 다시 골방에서
기도하는 고독한 수도사라는 『기도시집』의 시적 화자 본연의 자세로
돌아왔다는 것이다.

125) 시적 화자는 이제 신을 향한 순례의 길에 나선다.

126) "모든 것을 행하는 존재"는 신이다.

127) 이 구절은 불쾌하기 그지없이 술과 춤과 농담으로 끝나곤 하는, 보릅스베데 화가촌의 사교 모임에 대한 릴케의 환멸과 깊은 관련이 있다. 보릅스베데 친구들에 대한 릴케의 관계는, 즉 그들과의 공동생활은 두 가지 측면을 지닌다. 공동생활이 그에게 행복감을 주는 경우는 조용하고 진지한 자리에서 각자가 내면의 소리에 문을 열 때이고, 그렇지만 모임이 시끄럽고 유흥조로 흐를 때는 고통의 원인이 된디. 1900년 10월 3일 자 일기에 릴케는 "우리는 우리의 모임에서 사람의 숫자가 늘어 갈수록 커지는 위험성에 대해 이야기했다. 내가 그런 말을 꺼낸 이유는 모든 공동생활이 협조의 일방성과 제한에 기초하기 때문이다."라고 적고 있다.

128) 돈을 세듯이 자신의 가치를 헤아려 본다는 의미다.

129) 루 살로메의 회상에 의하면 이 시는 릴케가 1897년 여름 뮌헨 근교의 작은 마을 볼프라츠하우젠에서 쓴 것으로 원래 자신에게 헌정한 것이라고 한다. 이 시기에 청년 릴케는 루 살로메에게 깊은 사랑을 느끼고 있었다.

130) 세세한 표현에 이르기까지 이 시는 구약 성경의 룻기에 의거하고 있다. 룻의 시어머니인 나오미는 남편과 자식을 잃고 후사를 두지 못하는 처지가 된다. 그때 그녀는 친척인 보아스의 들에서 일하던 자기 며느리 룻에게 보아스와 관계를 갖도록 충고한다. 룻은 시어머니의 말에 순종하여 이 충고를 따르고 다윗가의 혈통을 이어 간다.

131) "며느리"의 원문은 "Schnur"로 루터의 독일어 번역이다.

132) 이 부분은 룻기의 3장 9절을 거의 그대로 옮겨 놓고 있다.

133) 여기서 "상속"의 내용은 구체적으로 릴케의 전기적 체험과 관련해서 볼 때 이탈리아 여행(1898년), 러시아 여행(1899년, 1900년) 그리고 그 밖의 일반적으로 알려진 교양 체험 등을 이른다. '상속한다'는 말은 그 아무것도 사라지지 않고, 모든 것이 신의 내면에서 시대를 넘어서 존재하게 된다는 뜻이다. 여기의 "상속"은 『두이노의 비가』「제9비가」의 "변용이 아니라면, 무엇이 너의 절실한 요청이랴?"에서 말하는 "변용"의 개념을 선취하고 있다.

134) 이후 이어지는 지명들은 릴케가 직접 방문한 장소들로 그의 체험을 반영한다.

135) 러시아에 있는 삼위일체 수도원으로 16, 17세기에는 모스크바 공국의

문화적 중심지였다.

136) 실제로 1899년 첫 번째 러시아 여행에서 들은 크렘린 대성당의 종소리는 릴케에게 인상적인 기억으로 남는다. "나의 목소리는 크렘린 대성당의 종소리 속에 묻혀 버렸고, 나의 눈은 반구 천정의 황금빛 광휘를 더는 쳐다보지 않았습니다."(1899년 5월 2일 자 릴케의 편지)

137) 릴케의 이러한 견해는 『사랑하는 하나님 이야기』에서 그대로 발견된다. "봄이라는 것도 신이 느끼게 하려면 나무나 초원에 머물러 있어서는 안 돼요. 봄은 어떻게 해서든지 인간의 마음속에서 살아 움직여야 해요. 그래야 봄은 시간 속이 아닌 영원 속에 그리고 신 앞에 살아남을 테니까요."

138) 여기의 "연인들"은 『두이노의 비가』 「제2비가」에서 전개되는 "연인들"에 대한 견해의 뿌리를 이룬다.

139) 자기 뜻과는 상관없이 미리 정해져 버린 인간의 행동거지에 대한 비판은 『말테의 수기』의 다음 대목에서도 발견된다. "아, 이젠 모든 게 다 준비되어 있다. 사람은 이 세상에 나와서 이미 만들어져 있는 삶을 찾아서 걸치기만 하면 된다."

140) 『두이노의 비가』에서처럼 여기서도 인간들의 그릇된 태도가 다른 피조물들의 이상적인 자세와 비교된다.

141) "그림과 몸짓"은 성화와 종교적 의식을 말한다.

142) 이 구절은 『두이노의 비가』의 「제4비가」 "우리는 하나 되지 못하고 있다. 우리는 철새 떼처럼/ 서로 통하지 못한다. 너무 앞서거나, 뒤처져 가다가/ 갑자기 바람에 맞서 치근대다가/ 무심한 연못으로 곤두박질친다."와 유사한 사고를 전개한다.

143) 이 시에서는 사물의 떨어짐과 인간의 날려는 욕심이 대비되고 있다. 나는 것, 즉 능력 바깥의 일을 시도하는 행위는 대지의 질서로부터의 이탈이다. 자연의 모든 사물은 살아 있는 것이든 죽은 것이든 서로 연관성을 갖고 존재한다. 이런 작용의 근원은 '중력의 법칙'이다. 자연의 법칙에 순종하는 겸손한 인간만이 모든 사물과 현상들의 친숙한 친구이자 지인이 될 수 있으며, 이러한 자세를 통해서만 신에 대한 인식과 경험의 길이 열린다.

144) 이 구절은 프리츠 마켄젠의 그림 〈죽음을 애도하는 가족들〉을 암시한다. 릴케는 이 그림에 대해 보릅스베데 전기에서 다룬 바 있다. "이 사람들은 한 어린 주검 주위에 둘러서 있다. 마치 아이가 익사한

연못 가에 서 있는 것 같다." 그림에서 '고개를 떨군 채' 아이의 주검 주위에 빙 둘러서 있는 가족들의 모습을 볼 수 있다.

145) 신적인 존재와의 마주침을 암시한다. 경건하고 겸허한 태도를 취할 때 신은 찾아온다.

146) 여기서부터 본격적인 순례의 모티프가 시작된다.

147) 이 시는 젊은 시절 릴케의 베스터베데 생활 공간을 마치 한 폭의 그림처럼 묘사하고 있다. 릴케는 1901년 5월에 그곳에 집을 얻어 신혼살림을 시작한다. 1901년 여름에 쓴 편지에서 그는 이렇게 말한다. "우리 집은 이 풍요로운 여름에 주위의 모든 땅과 더불어 친숙하고도 고요하게 놓여 있어서 내게는 마치 나의 변화하는 감정의 통일된 배경처럼 여겨지며 마음을 편안케 해 줍니다."

148) 인간의 마음속에는 광기가 늘 자리 잡고 있다는 의미다.

149) 릴케는 개를 인간과 가까워 인간처럼 불안에 시달리는 존재로 본다.

150) 두 번째 러시아 여행에서 릴케는 1900년 6월 2일과 3일 이틀에 걸쳐 키이우에 있는 페체르스키 동굴수도원을 구경했다. 11세기 말 12세기 초에 건립된 수도원이다. 은자 안토니우스가 먼저 드네프르강의 가파른 절벽 동굴에 자리를 잡자 이어 은자들이 하나둘 그 뒤를 따랐다. 나중에는 그 위에다 수도원을 지었고 동굴은 지하 무덤으로 이용했다. "오늘날도 몇 시간씩 사람들은 굴(보통 남자 키보다 높지 않고 어깨너비 정도 되는)을 통해 골방들을 구경하고 있어요. 이곳은 성자들과 기적을 행하는 자들 그리고 성스러운 광기에 사로잡혔던 은자들이 살았던 곳입니다. (…) 러시아 제국 전체에서 가장 성스러운 수도원입니다. 나는 손에 촛불을 든 채 동굴을 다 돌아다녀 보았어요. 한 번은 혼자서 그리고 또 한 번은 기도하는 사람들과 함께요."(1900년 6월 8일 자 어머니에게 쓴 릴케의 편지)

151) 키이우의 동굴수도원 위에는 서른두 개의 교회가 솟아 있다.

152) 미래에 다가올 황금시대를 노래한 이 시에서 릴케는 이상적 인간상으로 목동과 농부를 들고 있다. 목동은 시인의 모범으로서 자연을 향해 완전히 소박하게 서 있으며 모든 외적인 현상을 성찰하거나 자신과 연관시키지 않고 그대로 받아들이는 존재로, 그리고 농부는 상징적인 의미로 대지와 그리고 그와 더불어 신과 밀접한 관계에 있는 존재로 수용되고 있다.

153) 조지아의 수도. 옛 이름은 티플리스.

154) 우즈베키스탄의 수도.

155) 이 시구절의 체험적 토대가 된 것은 릴케가 키이우의 페체르스키 수도원에 있는 기적의 우물에서 본 순례자들의 모습이다. 루 살로메는 자서전 『로딘카』에 이렇게 적고 있다. "사람들 무리가 기적의 우물 주위로 몰려들었다. 이 성스러운 물은 신분에 상관없이 병든 사지를 낫게 해 주었고 오랜 방랑 끝의 갈증을 식혀 주었다."

156) 이런 놀라운 먹거리 제공의 예는 여러 은자들에 의해 보고되고 있다. 이를테면 14세기 후반에서 15세기 초반에 활동했던 독일의 신비주의자 파울 폰 테벤은 황야에서 신이 보낸 까마귀를 통해 먹을 것을 얻었다고 한다.

157) 릴케는 러시아 민속, 특히 러시아의 장례 문화, 유령 및 악마 신앙을 다룬 많은 책을 읽었다. 러시아에는 결혼하지 못한 채 죽은 처녀의 장례식 때 신랑감을 골라 상징적으로 결혼을 시키는 풍속이 있었다.

158) 노인의 모습으로 등장하는 신은 모든 가식을 벗어던지고 모든 걸 진실하게 대하는 겸손한 사람에게만 현시된다. 이 옷 벗기 모티프는 제3부 '가난과 죽음의 서'의 마지막 '프란체스코' 찬가에 가서 다시 등장한다.

159) 밤은 창조의 시간이다. 이때 시인은 집중하여 밤을 자기 시간으로 만들어야 한다. 그렇게 한 사람만이 밝아 오는 낮을 당당하게 맞이할 수 있다.

160) 그런 사람에겐 신은 죽은 것이나 마찬가지다.

161) 마음의 준비가 되어 있지 못한 사람에겐 아무런 희망도 없고 신은 그런 사람을 나락으로 끌고 갈 뿐이다. 그에겐 신이 뭔가를 베풀지 않는다.

162) 외적인 소유욕에 사로잡혀 있지 않고 내적인 눈과 직관으로 사물의 진실한 접근을 할 수 있는 예술가를 말한다.

163) '가난과 죽음의 서'의 이 첫 시는 모티프상으로 2부 '순례의 서'의 끝 작품과 직접적으로 연결된다. 이 시 작품의 이미지는 릴케가 대도시 파리 생활에 지치고 쇠약해져 휴양 차 이탈리아의 비아레조로 떠나는 기차 여행길의 회상에 기반을 두고 있다. 아내에게 쓴 1903년 3월 24일 자 편지에서 그는 눈 덮인 산맥 사이를 끝없이 가야 하는 기차 여행에서 오는 내리누르는 듯한 느낌에 대해서 다음같이 적고 있다. "나는 더 이상 산을 보고 싶지도 않았소. 모단에서 출발한 여행길은 정말 끔찍했다오. 계속해서 산을 통과해야 했기 때문이오. 15분간 산속에

간혀서, 답답한 검은 공기 속에서, 도무지 앞으로 나아갈 것 같지 않은
기차가 내지르는 지옥 같은 굉음을 들으면서 있어야 했으니까 말이오.
터널 한가운데에서 빛을 기다리다 보면, 산맥의 온 무게가, 돌과 광석,
샘물 그리고 무엇보다 무거운 만년설과 차가운 하늘의 무게가 나를
짓누르는 것 같았소."

164) "낯선 시간"은 신을 만날 수 없는 본질적이지 못한 시간이다.

165) 2부 '순례의 서'의 순례 모티프를 이어받고 있다.

166) 『사랑하는 하느님 이야기』 중 「돌에 귀 기울이는 남자」에 다음 구절이
있다. "'돌 속에 누가 있느냐?' 미켈란젤로는 귀를 기울였습니다. 그의 두
손이 바르르 떨렸어요. 이어 그는 목소리를 죽여 대답했어요. '당신이죠,
나의 하나님이요. 하나님 아니면 누구겠어요? 하지만 저는 당신한테
가지 못해요.'"

167) 러시아의 전설적 음유시인 티모페이를 암시한다. 『사랑하는 하나님
이야기』 중 「늙은 티모페이는 어떻게 노래하며 죽어 갔는가」에 이런
구절이 있다. "티모페이 노인은 기억 속을 더듬어 더욱더 아름다운
노래를 찾아냈지요. 노인은 밤에도 수시로 아들을 깨워, 이울어
더듬거리는 손으로 알 수 없는 제스처를 해 가며 짧은 노래를 한 곡
불렀죠."

168) 이 시는 전반적으로 릴케의 러시아 체험을 상기시킨다.

169) 릴케는 여기서 스스로 시련으로 여기고 있는 얼마 전의 파리 체험과
함께, 보들레르의 『파리의 풍경』 같은 문학적 모범이라든가 시비에른
옵스트펠데르 작품의 독서에 대한 기억을 작품 속에 그려 넣고 있다.

170) 구약 성경 창세기 18, 19장에 나오는 타락한 도시 소돔과 고모라에
대한 신의 심판을 환기하는 구절이다.

171) 이스라엘에서는 전통적으로 순결한 짐승의 첫배는 모두 하나님에게
바치는 제물로 썼다.

172) "고운 손"을 지닌 창백한 모습의 인간들은 현대를 살아가는 평범한
사람들이다. 낮에는 가식적인 미소를 짓다가 밤이 되면 고통으로
일그러진 얼굴로 변해 가는 이들은 시민적인 것에 매달려 그 굴레에서
벗어나지 못하고 있는 존재들이다.

173) "사랑", "의미" 그리고 "고난" 등은 인간을 성숙시키는 정신적, 영혼적
현실이다. 여기서 "죽음"은 적대적인 운명의 힘이 아니라 삶의 궁극적,
결정적 사건이며 절정이 된다. "고유한 죽음"이라는 표현을 릴케는

덴마크 작가 옌스 페테르 야콥센에게서 받아들인 것으로 보인다. 그의 소설 『마리 그루베 부인』(1876)에서 부인은 천당과 지옥의 존재를 믿느냐는 질문에 "모든 인간은 자기 고유의 삶을 살고 자기 고유의 죽음을 죽는다고 생각해요."라고 답한다.

174) 이 구절은 2부의 '상속'의 개념과 일치하는 시적 변용을 이른다.

175) 죽음을 내면에 수태시키는 자.

176) 유다 왕국의 4대 왕으로서 신의 도움으로 암몬과 모압 사람들을 상대로 한 싸움에서 승리를 거두고 하루 종일 축하연을 벌였음.(구약 성경 역대하 20장.)

177) 짐승을 죽여서 얻은 고기가 아니라 들판에서 나는 열매로.

178) "죽음을 낳는 자"는 자웅 동체의 존재로 묘사되고 있다. "죽음을 낳는 자"는 영생을 위해 죽음을 극복하고 부활한 예수의 신화와 정면 대치된다.

179) 릴케는 "웃는 자"라는 말에 부정적인 의미를 담고 있다. 그에게 '웃음'은 집중하지 못하고 외적인 것에 정신이 팔리는 것의 대표적 표현이다.

180) 유대교에서 십계명을 새긴 두 개의 석판을 넣어 두는 금도금을 한 상자로서 천막 예배당의 가장 신성한 곳에 두었다.

181) 이를테면 여리고 전투에서처럼.(여호수아 6장.)

182) 시적 화자는 신을 "생성되어 가는 자"로 규정하여 전통적 기독교적 사유와 다른 길을 걷는다. "생성"은 고착화를 거부한다.

183) 공작을 떠올리게 하는 표현이다. 공작은 자신의 화려함을 자랑하지만 실제로는 거슬리는 목소리를 가지고 있다는 점에서 비꼬고 있는 것이다.

184) 현실의 공허함과 무상함을 영원한 회화 예술을 통해 극복하고, 또 예술을 통해 얻은 그들의 황금기를 현실적으로 늘려 보려 한 것을 말한다.

185) 종교적으로는 묵주를 뜻한다.

186) 릴케의 가난 개념을 평가할 때는 마태복음 5장 3절과 누가복음 6장 20절의 '마음이 가난한 자는 복이 있나니 하나님의 나라가 너희 것임이요.'라는 대목과의 유사성을 염두에 두어야 한다.

187) 연주자가 하프의 아름다움에 이끌렸으나 결국 그것을 제대로 다루거나 소유하지 못함을 나타낸다. 신은 이런 하프로서 누구도 소유할 수 없는 존재로 나타난다.

188) "그들"은 가난한 자들을 말한다.

189) 여기부터 시작되는 가난한 자들을 칭송하는 새롭고 독특한 이미지의 찬가는 여성의 아름다움을 노래한 전통적인 찬가(이를테면 성경의 아가) 풍으로 되어 있다.

190) 예언자 다니엘은 꿈꾸는 자로 그리고 꿈을 해몽하는 자로 유명하다. 그의 꿈의 내용은 주로 구원의 역사로서의 세계사이다. 즉 위대한 세속의 제국들의 몰락과 궁극적인 신의 나라의 건립이다. 구약 성경의 다니엘 2장 19절 참조. "이 은밀한 깃이 밤에 환상처럼 다니엘에게 나타나 보이니 다니엘이 하늘에 계신 하나님을 찬송하느니라."

191) 이 작품은 「마태복음」 5장 3~11절에 나오는 산상수훈에서 영감을 받아, 그 말투를 차용하고 있다.

192) 릴케의 "가난"은 훗날 『두이노의 비가』에서 만나게 되는 「제8비가」의 "열린 세계"의 뿌리가 된다. 릴케가 설파하는 결정적인 사고는, 인간들의 참된 본질이 가식에 찬 문명, 인습 그리고 시민성, 부질없는 소유물 등으로 뒤덮여 있다는 것이다.

193) "그"는 아시시의 성 프란체스코(1181/82~1226년)를 말한다. 유복한 가정 출신인 그는 세속적 쾌락으로 얼룩진 젊은 시절을 보낸 후 가난을 덕목으로 하여 살기로 결심하고 1209년에 프란체스코 수도회를 건립했다. 릴케는 바티칸에서 감수한 폴 사바티에의 『아시시의 성 프란체스코』(1893년)를 읽은 바 있다.

194) 프란체스코의 젊은 시절 일화와 관련되는 구절이다. 자신에게 영적 깨달음을 준 예수 십자가가 있는 낡은 성 다미아노 성당의 복구를 위해 재정적인 헌금을 바치려다가 아버지의 반대에 직면하자 프란체스코는 교회의 주교가 보는 앞에서 손에 쥔 돈을 아버지에게 돌려주고 심지어 입고 있던 옷까지 벗어 던지며 담대하게 선언한다. "모두 내 말을 똑똑히 들으시오, 지금까지 나는 피에트로 디 베르나도네를 '아버지'라 칭하였지만, 오늘부터 나는 하늘의 주관을 받아들이며 하나님의 뜻에 전념하기로 했소. 돈과 함께 그의 소유물인 이 옷도 돌려줄 것이오. 앞으로 나는 피에트로 디 베르나도네를 아버지로 부르지 않을 것이며, 오직 '하늘에 계신 우리 아버지'만을 나의 인도자로 모실 것이오."

195) 프란체스코 수도회의 수도복은 갈색으로 성자 프란체스코가 대지와 깊은 관계를 맺고 있음을 상징한다. 나이팅게일과도 형제처럼 지낸다.

196) 프란체스코 탁발수도회를 이르는 명칭이다. 작음의 정신을 기초로 한다.

197) 성 프란체스코 성담에 따르면 그는 자연과 친근하게 지내며 자연의 동식물들에게도 설교했다고 한다.

198) 프란체스코는 1225/26년에 「태양의 노래」를 지었다. 릴케는 「젊은 노동자에게 보내는 편지」(1922년)에서 이렇게 강조한다. "성 프란체스코는 진심으로 저승이 아니라 이승을 유일한 것으로 여기고 사랑하는 법을, 다시 말해 신의 위대한 사용 설명서를 자신이 죽을 때 해를 가리키는 막대기로 쓰인 십자가보다 더 찬란하게 빛난 그 태양을 칭송하는 노래에다 적으려 했습니다."

199) 프란체스코는 1212년에 수녀수도회도 건립했다. 아시시의 성 클라라(1194~1253년)가 함께했다.

200) 노래, 즉 시가 그것을 받아들이는 사람의 영혼에 가서 열매를 맺는 과정을 표현하고 있다.

201) '알아보다'라는 말은 원래 성경에서 남녀가 서로의 몸을 알게 되는 것, 즉 동침하는 것을 의미하는데, 성적인 모티프를 통해서 이처럼 프란체스코에게 릴케는 사물과의 친밀한 관계를 설정해 주고 있다.

202) 여기서는 성 프란체스코와 오르페우스가 혼합되어 나타난다.

아홉 살의 릴케(1884년)

작가 연보

1875년	12월 4일 오스트리아·헝가리 제국의 속국이던 체코의 프라하에서 태어나다.
1886년	장크트 푈텐 육군유년학교에 입학하다.
1891년	허약한 몸 때문에 육군고등실업학교를 그만두다.
1895년	프라하의 카를페르디난트 대학에서 예술사, 문학사, 철학 등을 공부하기 시작하다.
1897년	5월 12일 저녁 뮌헨에서 루 안드레아스 살로메(1861~1937년)와 운명적으로 만나다.
1898년	베를린, 피렌체 등지를 여행하다.
1899년	부활절 무렵에 루 살로메 부부와 함께 첫 러시아 여행길에 나서다.
1900년	루 살로메를 동반한 두 번째 러시아 여정.
1901년	브레멘 근교의 화가촌 보릅스베데 체류. 4월 28일, 조각가 클라라 베스트호프(1878~1954년)와 결혼.
1903년	파리의 로댕 집에 묵으면서 그의 전기 『로댕론』 집필.
1905년	『기도시집』 출간, 루 살로메에게 헌정하다.
1906년	『형상시집』의 증보판 출간. 『기수 크리스토프 릴케의 사랑과 죽음의 노래』 초판 출간.
1907년	『신시집』 출간.
1908년	『신시집 제2권』 출간. 로댕에게 헌정하다.
1910년	아드리아 해안에 있는, 탁시스 후작 부인 소유의 두이노성에 손님으로 가다. 5월 31일에 『말테의 수기』 출간.
1912년	두이노성에 머물다. 『두이노의 비가』의 몇몇 비가와 연작시 『마리아의 생애』를 쓰다.
1913년	스페인 여행. 여행 중 코란을 읽다.

1914년	6월 28일, 1차 세계 대전 발발. 7월 19일에 독일로 돌아간 뒤 파리에 있는 재산을 전부 잃다.
1915년	헤르타 쾨니히 여사의 집에 머물다. 그 집에 걸려 있던 파블로 피카소의 그림 「곡예사 일가」를 보고 깊은 감명을 받다. 11월에 『두이노의 비가』의 「제4비가」를 쓰다.
1916년	빈에서 1월에서 6월까지 군 복무. 전사 편찬 위원회 근무. 시인 호프만스탈을 방문하다. 코코슈카, 카스너 등과 교제하다. 6월 9일에 군 복무에서 해방되다. 뮌헨으로 돌아가다.
1919년	루 살로메와 재회. 스위스 강연 여행. 나니 분덜리 폴카르트와 만나다. 릴케가 '니케'라고 부른 이 여인은 그가 어려움에 처할 때마다 도움을 아끼지 않았으며 그의 임종까지도 지켜보게 된다.
1921년	폴 발레리의 작품을 읽고 감명받아 그의 시집 『해변의 묘지』를 번역하다. 스위스의 시에르에 도착하다. 어느 상점의 쇼윈도에서 뮈조성을 찍은 작은 사진을 발견하다. 7월에 처음으로 뮈조성을 찾아가다.
1922년	뮈조성에 머물며 2월에 『두이노의 비가』를 완성하다. 『오르페우스에게 바치는 소네트』를 집필, 완성하다.
1923년	『두이노의 비가』와 『오르페우스에게 바치는 소네트』를 출간하다.
1924년	4월 6일에 폴 발레리와 처음으로 만나, 기념으로 뮈조성의 정원에 두 그루의 어린 버드나무를 심다.
1925년	1월 7일에서 8월 18일까지 생에서 마지막으로 파리에 체류하다. 『말테의 수기』를 프랑스어로 번역한 모리스 베츠와 이야기를 나누다.
1926년	1925년 12월부터 1926년 5월 말까지 발몽 요양소 체류, 6월 1일에 뮈조성으로 돌아가다. 프랑스어 시집 『과수원』 출간. 11월 30일에 다시 발몽 요양소로 가다. 그곳에서

12월 29일 새벽, 백혈병으로 영면하다.

1927년   1월 2일, 릴케 자신의 유언에 따라, 뮈조성이 있는 스위스 시에르에서 멀지 않은 작은 마을 라론의 높은 언덕 위 부르크키르헤 교회 뒤편에 묻히다.

릴케와 클라라(1901년)

릴케의 삶과 예술, 종교

김재혁

1 여행의 의미: 러시아, 이탈리아, 프랑스

라이너 마리아 릴케의 문학적 여정은, 그의 고향 보헤미아에서
시작되어 초기에는 주로 사랑과 행복에 대하여 부드럽고
정겨운 시를 짓는 데서 본격화된다. 이러한 초창기 작품들은
멜랑콜리하고 안개에 젖은 듯한 분위기를 담고 있었으나, 릴케의
문학적 발전과 성장은 『기도시집』(1905년)의 출간 이후 새로운
국면을 맞이하게 된다. 이 시집은 그를 독일 시단에서 중요한
서정 시인으로 자리매김하게 만들었으며, 그의 문학적 성장에
결정적인 전환점이 되었다.

『기도시집』을 통해 릴케만의 독특한 시적 사고와 창의적인
표현력이 세상에 소개되면서, 그의 작품은 널리 주목받기
시작했다. 이 시기를 기점으로 릴케는 자신만의 문학적 목소리를
확고히 하며, 독일 시문학사에 길이 남을 업적을 남기게 된다.

이러한 문학적 여정의 전개 과정에서 그의 삶과 작품에 깊은
영향을 끼친 요소 중 하나가 바로 여행이었다. 특히, 그의 다양한
여행 경험 중에서도 1899년 봄의 러시아 여행은 그의 시적
상상력과 세계관에 지대한 영향을 미쳤다. 이 여정이 그에게
무엇이었는지는 상트페테르부르크에 머물렀을 때 쓴 편지에
분명히 나타난다.

기본적으로, 우리는 새로운 모든 것, 땅이든 사람이든
사물이든, 그것들에서 개인적 고백의 힘을 더욱 강화하고
성장시키는 표현을 발견합니다. 사물들은 모두 어떤

의미에서든 우리에게 이미지가 되기 위해 존재합니다.
(……) 러시아의 사물들이 어릴 적부터 예술 속으로
들어오려 열망하던 나의 경이로운 경건함에 이름을 더해
주리라고 요즘 나는 느낍니다.

여행은 시인에게 새로운 만남을 선사하며, 여기서 발견한
사물들과 경험은 시인의 '개인적 고백'을 더욱 강화하는
'표현'으로 태어난다. 시인은 내면 깊은 곳에서 울려 퍼지는
'개인적 고백'을 전할 '이미지'를 외부에서 발견한다. 시인의
'개인적 고백'을 보편적 수준으로 높여 줄, T. S. 엘리엇의 표현대로
'객관적 상관물'을 획득하는 것이다. 릴케가 말하는 내면의
'경건성'은 그의 문학의 기본 자양분으로서 삶을 대하는 태도이자
예술에 대한 겸허함의 표현이다. 이 내면의 '경건성'을 표현하는
데에 '러시아의 사물들'은 더없는 '객관적 상관물'이 되어 준다.
    루 살로메와 함께 한두 번의 러시아 여행(1899년과 1900년)은
그를 심오한 사유와 표현의 시인으로 거듭나게 해 주었다.
괴테에게 이탈리아가 있다면, 릴케에게 그 무대는 러시아다. 이
땅에 대한 그의 사색은 진정으로 그의 영혼을 움직였다. "똑같은
무릎 꿇는 힘으로 그들의 신을 만들고 있는 기도자들", 이는
1899년 6월 7일에 쓴 한 편지에서 그가 러시아 민중의 신앙
깊숙이 자리한 겸허함을 담담히 드러낸 구절이다.
    그 여행으로부터 스무 해가 훨씬 넘어, 1923년의 서신에서
릴케는 러시아를 향한 그리움을 이렇게 고백한다. "러시아는
내게 형제애와 더불어 모두 하나가 되는 신의 어둠을
선사했습니다." 그곳에서 경험한 러시아는 그에게 생명력의
원천이며, 인간 본연의 자연스러움과 연결된다. 데카당스에 찌든
서구 문명과는 달리, 러시아 민중은 신과 더불어 자연과의 교감
속에 산다고 릴케는 느낀다. 1920년에 릴케는 이렇게 고백한다.
"러시아는 지금의 나를 만들었으며, 그곳으로부터 나의 내면이

시작되었습니다. 그곳이 내 본능의 고향이며 내적인 원천입니다."

릴케의 말은 때로 생소하고 낭만적이기까지 하다. 그는
이렇게까지 말한다. "저는 러시아에 대한 제 생각과 감정을
뒤흔들 만큼 비참한 러시아 마을이 있다고 생각하지 않습니다.
러시아인들이 굶어 죽을까 봐 걱정하지 않습니다, 하나님이
그분의 영원한 사랑으로 그들을 먹여 살리시기 때문입니다." 이
표현은 당시의 열악한 러시아 사회상을 외면한 것이나, 릴케에게
러시아는 현실을 넘어선 이상향, 즉 그의 마음속 유토피아였음을
드러낸다. 이 마음속의 러시아는 평생토록 그가 심적으로 늘
돌아가곤 하는 조화와 행복의 고향이 된다.

2 『기도시집』의 창작과 제목에 대해서

『기도시집』은 1905년 성탄절에 출간되었다. 이 시집을 직접
받아 본 오스트리아 시인 후고 폰 호프만스탈은 그 책을 읽은
감동을 지인에게 전하며 이렇게 말한다. "손에 잡는 순간 내게
기쁨을 주었고 지금도 여전히 그런 놀라운 책을 하나 소개해
줄까요? 그건 바로 라이너 마리아 릴케의 신작 『기도시집』입니다."
호프만스탈의 열광처럼 당시 이 시집은 구태의연한 종교적
관습에 지쳐 새로운 종교적 경험을 갈망하던 독자들의 열렬한
환호를 받았다. 릴케의 『기도시집』은 바로 이 시점에 등장하여
독자들의 갈증을 식혀 주었다. 릴케는 『기도시집』으로 명실공히
종교적 시인의 반열에 서게 된다.

『기도시집』은 총 3부로 구성되어 있다. 1부는 "수도사 생활의
서"라 이름을 붙인 1899년의 작품이고, 2부는 1901년에 집필된
"순례의 서"이며, 그리고 3부는 1903년에 완성된 "가난과 죽음의
서"이다. 격년으로 탄생한 이 작품들은 각각 독자적인 아우라를
지니고 있다. 1부에는 예순여섯 편의 시가 수록되어 있으며, 그
뒤를 이은 두 부분은 각각 서른네 편의 작품을 싣고 있다. 책
첫머리에는 시집 탄생에 결정적 역할을 해 준 데 대한 감사의

표시로 "루의 손에 바칩니다."라는, 루 살로메를 향한 애정 어린
헌사가 실려 있다.

릴케는 베를린 근교의 슈마르겐도르프에서 지내던 1899년
9월 20일부터 10월 14일까지 『기도시집』의 1부를 쓰고서 그것을
'기도들'이라 칭한다. 이 초고는 각 시에 따라 시를 보완 설명하고
시적 화자의 그때그때 기분 상태를 기록한 산문을 포함하고 있다.
이 산문 부분은 최종 출간 단계에서 제외되었다.

2부는 1901년, 클라라 베스트호프와의 신혼 시절이던 9월
18일부터 25일 사이에 보릅스베데 근처의 베스터베데에서
탄생한다. 그리고 3부는 로댕을 만나기 위해 방문한 대도시
파리에서 가난과 죽음을 목격하며 스스로 가난의 고통을 겪은
뒤 이탈리아 비아레조로 휴양을 떠나 그곳에서 1903년 4월
13일부터 20일 사이에 완성한다.

시집의 최종 마무리 작업은 1905년 4월 24일부터 5월 16일
사이에 보릅스베데에서 이루어진다. 첫 집필부터 출간까지 걸린
시간은 대략 6년이나, 각 부의 창작 기간은 일주일에서 한 달
이내로 비교적 짧다. 릴케는 당시 시적 연상에 따라 창작하는
방식, 즉 시의 '첫마디'가 떠오르는 순간을 포착하여 창작하는
그만의 독특한 시 쓰기를 고수한다. 따라서 물 흐르는 듯한 시적
흐름이 이 시집의 큰 특징이 된다.

1905년 4월 13일 자 서신에서 릴케는 인젤 출판사의 사장
안톤 키펜베르크에게 시집 제목과 관련하여 자기 생각을 밝힌다.
그는 중세 후기 가톨릭에서 쓰던 "기도서를 떠올려 격정, 흥분,
열정, 기도의 열기를 담은 시들"을 '기도시집'이라고 부르기를
바란다. 그는 "그동안 쓴 것 중 엄선한 최고의 작품들을 모아"
"완결된 대규모 시집"을 구성했다고 자신 있게 표현한다. 원래
중세의 '기도서'는 제목 그대로 하루 중 정해진 시간에 평신도가
읽는 기도문을 담고 있으며, 주로 시편, 참회 기도, 마리아 기도,
그리고 죽은 이들을 위한 기도 등이 포함된다. 릴케의 작품은 이

종교 서적의 제목에서 영감을 받긴 했지만, 시집의 내용은 그만의 순수한 창작이다.

『기도시집』의 주된 서사를 이끌어 가는 시적 화자는 러시아 정교 교회의 한 수도사이다. 이 수도사는 성화를 그리는 화가이자 시를 짓는 시인으로, 시집의 세 부분을 관통하는 변화무쌍한 목소리의 주인공이다. 그는 이 시집의 세 부를 한 권의 책으로 묶어 주는 역할을 한다.

『기도시집』의 초판 표지는 1905년 라이프치히의 북디자이너 발터 티만의 손길로 태어난다. 릴케의 시적 서사와 티만의 시각적 재능이 조화를 이룬 이 그림은 식물 모티프를 통해 유겐트슈틸의 분위기를 반영한다. 평범한 초원이나 무성한 숲 대신, 나무 한 그루가 크고 정교한 문양의 화분 한가운데 자리 잡고 있어 구조적인 형태미를 드러낸다. 이 나무의 뿌리는 우물 표면까지 펼쳐져 있고, 성경에 나오는 생명의 나무를 연상시키듯 활력 넘치는 가지와 잎이 우물로부터 솟아 있다.

나무 꼭대기에는 세 갈래의 잎이 가지를 따라 돋아나 나무가 싱싱하게 살아 있음을 보여 주고, 세 개의 잘린 나뭇가지는 『기도시집』의 세 부분 '수도사 생활의 서', '순례의 서', '가난과 죽음의 서'를 상징적으로 나타낸다. 세 개의 가지에서는 수액이

흘러내려 영생과 풍요를 상징한다. 생명의 순환과 책의 내용이
조형적으로 어우러진 이 그림은, 릴케가 구사한 시적 깊이를
시각적 언어로 재해석하여 보여 준다.

3 『기도시집』의 내용과 전개

　『기도시집』을 대할 때는 글자 그대로만 접근하는 것이 아닌,
그 이면에 깔린 이미를 탐색하는 세심함이 요구된다. 시인이
의도적으로 숨겨 둔, 릴케의 표현대로 '고백'을 해석해 내는
미세한 작업을 통해 읽기의 깊이를 더해야 한다. 각각의 시들은
겉모습으로 봤을 때 단순하게 비칠 수도 있지만, 그 안에는
심오한 비유가 작품 전반에 깔려 있어, 보이지 않는 실이 작품
전체를 통과하는 듯한 느낌을 준다. 바로 이 점이 『기도시집』에
단순한 시들의 모음집이 아닌, 릴케의 문학 세계로 안내하는
관문으로서의 중요성을 부여하는 것이다.
　러시아 수도사의 말은 경건하면서도 자신감이 묻어나며 젊은
혈기의 릴케의 모습을 반영한다. 한 폭의 그림을 위해, 그리고 한
편의 시를 위해 신에게 기도하고 자신을 성찰하는 태도를 시적
화자인 러시아 수도사를 통해 엿볼 수 있다.

　　　오로지 기도밖에는 없습니다,
　　　애원한 것만을 창조하도록,
　　　우리에게 손이 주어졌습니다.

　예술적 창작은 릴케에게 성스러운 '기도'와도 같으며, 자기
삶을 들여다보고 그 의미를 형상화하는 신성한 과정이다.
'기도'는 절박한 애원으로 정의되며, "애원한 것만을 창조하도록,/
우리에게 손이 주어졌습니다."라는 구절은 기도와 창조가
한 지평에 있음을 알려 준다. 이렇게 『기도시집』은 종교적
저작으로서뿐만 아니라 한 권의 순수한 시집으로 감상할 수 있는

것이다.

종교적 표현들과 어우러져『기도시집』은 시와 종교 사이에서
독특한 분위기를 만들어 낸다. 이제『기도시집』을 구성하는 세
부분, '수도사 생활의 서', '순례의 서', '가난과 죽음의 서'의 대표적
시를 읽어봄으로써 각 부분의 고유한 특색에 좀 더 가까이
다가가 보자.

1) 수도사 생활의 서

수도원마다 월계수가 서 있는 남쪽 나라,
그곳에 수도복을 입은 나의 많은 형제가 있습니다.
그들이 얼마나 인간적으로 성모를 그리는지 압니다.
그리고 종종 신을 빛나는 광휘 속으로 모셔 올
젊은 티치아노와 같은 화가를 나는 꿈꿉니다.

그렇지만 내가 나의 내면을 향해 굽어보면,
나의 신은 어둡고 마치 소리 없이 물 마시는
수많은 뿌리가 뒤엉켜 있는 것과 같습니다.
내가 신의 온기를 바탕으로 성장한다는 것뿐
그 이상은 알지 못합니다. 나의 모든 나뭇가지는
저 깊은 곳에서 쉬며 바람결에나 손짓할 뿐이니까요.

『기도시집』의 중심인물인 수도사는 러시아 수도원은 물론
이탈리아 수도원과 이탈리아 르네상스 예술에 대해서도 해박한
지식을 가지고 있다. 릴케는 1898년 봄, 루 살로메의 권유로
이탈리아의 피렌체를 방문한다. 그는 그곳에서 본 르네상스
예술에 깊이 감명받아 그때 느낀 사고와 감정을『피렌체
일기』(1898년)에 적는다. 시의 첫 연에는 티치아노를 비롯한
이탈리아 르네상스 화가들이 그려 낸 밝은 빛의 성화가 등장한다.

이탈리아 르네상스의 신은 밝은 빛 속에서 살아 숨 쉰다. 1연의 분위기는 사뭇 밝고 긍정적으로 보인다.

하지만 이 시에는 두 가지 상반된 신의 형상이 나타난다. 하나는 밝은 빛으로 표현된 이탈리아 르네상스 회화의 신이고, 다른 하나는 어둠으로 가려진 러시아의 신이다. 이탈리아 르네상스의 성모는 '인간적으로', 즉 세속적인 방식으로 밝게 표현된다. 그러나 신에 대한 확신과 신앙이 담긴 2연에서 시인은 자기 고유의 신에 대한 믿음, 즉 어둠을 통해 신의 본질에 접근한다.

러시아 여행 중, 릴케는 종교가 민중의 삶에 깊이 파고들어 그들의 삶의 원동력이 되는 광경을 목격하고 민중의 내면에서 우러나오는 종교적 울림에 깊은 인상을 받는다. 이때 그는 신을 살아 있는 어두운 힘으로 느낀다. 이 어둠 속에 잠긴 신이 바로 릴케의 시적 기법과 일맥상통한다고 할 수 있다. 그의 시는 드러냄보다는 감춤을 특징으로 하기 때문이다. 이러한 관점이 이 시집을 읽을 때의 이해의 열쇠가 된다.

또한 여기에는 러시아 교회에서 본 성화들의 영향이 개재되어 있다. 러시아 교회의 성화는 보통 어둡게 그려져 있다. 여기에 릴케의 신의 뿌리가 있다. 그의 신은 어둡고 수수께끼 같은 존재로 어둠을 그 바탕으로 한다. 릴케의 고유한 신과 러시아 성화는 '어둠'이라는 동일한 바탕 위에 놓여 있다.

시집 초반부에서 시적 화자는 삶을 확장하고 그를 통해 신을 찾으려 하며 자아를 탐구하는 여정을 그려 낸다.

> 사물들 너머로 펼쳐지며 점점 커 가는
> 동그라미들 속에서 나는 나의 삶을 살고 있습니다.
> 마지막 동그라미를 마무리 지을지 알지 못하지만
> 나 신명을 다 바쳐 해 보렵니다.

나는 신의 주위를 맴돕니다, 태곳적 탑을,
나 수천 년이라도 돌고 돌 것입니다.
나는 알지 못합니다, 내가 매인지, 폭풍인지
아니면 한 곡의 위대한 노래인지.

시인은 인생의 성숙 과정을 "사물들 너머로 펼쳐지며 점점
커 가는/ 동그라미들 속에서"라고 묘사한다. 이는 시인이 쌓아
올리는 경험의 층위와 삶의 넓이를 확장하는 과정을 은유적으로
표현한 것이다. 그는 인생의 끝에 가서 "마지막 동그라미를
마무리 지을지 알지 못하지만" 그래도 자신의 삶을 종합하고,
마지막 장을 장식하겠다는 의지를 밝힌다.
　이어 시인은 신을 찾기 위해 탑 주위를 돌며 그 소임을
수행하겠다고 선언한다. "수천 년이라도 돌고 돌 것"이라고
말함으로써 지속적인 헌신과 시간을 초월하는 예술적 작업의
가치를 강조한다. 시인은 자신이 '폭풍'인지 '매'인지, 혹은 '위대한
노래' 자체인지를 고민하면서도, 끊임없이 신성한 타자, 즉 신을
바라보고 그것에 자신을 바치겠다고 고백한다.
　이때 '매'는 목표 지향성을, '폭풍'은 비정형의 열정을, '노래'는
이런 것들이 합쳐진 창조물을 상징한다. 이러한 이미지들을 통해
릴케는 예술적 창조력과 집념을 표현하며, 시인으로서의 신념을
노래한다.
　1부는 러시아 수도원의 조용한 기도 소리로 시작하여,
러시아의 음유시인에 대한 신비스러운 전설로 끝난다.

그렇지만, 내 가슴속에는
그를 위해 모든 노래가
깊이 간직된 것 같습니다.

떨리는 턱수염 뒤에서 그는 말이 없습니다,

그는 노래의 선율에서
자신을 되찾고 싶습니다.
이제 나는 그의 무릎께로 다가갑니다:

그러면 그의 노래들은 소리를 내며
그의 안으로 다시 흘러 들어갑니다.

'그'는 옛날 우크라이나 마을의 골목을 누비던 코브자르, 즉
눈먼 가객이다. '수도사 생활의 서' 초고의 이 시의 끝에 추가된
시인의 산문 메시지는 시의 의미를 잘 설명해 준다.

> "지금 백발이 성성한 어느 코브자르 하나가 그 넓은
> 땅을 지나 문턱이 허물어지고 인적마저 끊겨 적막하기만
> 한, 고독이 서린 문들을 향해 걷고 있다. 그리고 그 안에
> 살며 깨어 있는 이들로부터 다시 그의 많은 노래를
> 가져오고, 그 노래는 우물 속으로 들어가듯 그의 먼 눈
> 깊숙한 곳으로 가라앉는다. 노래가 그를 떠나 바람과 함께
> 빛을 향해 걷던 시절이 이미 지나가 버린 까닭이다. 모든
> 소리는 되돌아온다."

눈먼 가객은 마을을 돌며 사람들에게 들려주었던 이야기를
"깨어 있는 이들"의 가슴에서 다시 수집한다. "깨어 있는 이들"은
다름 아닌 시인들이다. "내 가슴속에는/ 그를 위해 모든 노래가/
깊이 간직된 것 같습니다."라고 시인은 노래한다. 시인은 노래를
간직하는 역할을 한다. 그는 노래의 원형을 보존하여 후세에
전달하는 '그릇'이다. 시적 화자는 이를 상징적으로 "이제 나는
그의 무릎께로 다가갑니다"라고 말한다. "턱수염"을 한 노인은
음유시인으로서 노래의 총화이며 『두이노의 비가』의 '천사'에
비견된다. 시적 화자는 이 노래의 원형에 봉사하고, 이렇게 해서

노래는 영속한다. 조금 더 관점을 확대하면 노인은 『기도시집』의 신과 같은 존재이다.

이처럼 러시아의 영혼이 깃든 '수도사 생활의 서'는 경건성과 시가 어우러진, 조화로운 삶의 단편을 아름답게 펼쳐 보인다. 이 시절을 릴케는 평생에 걸쳐 삶과 시가 하나가 되었던 단 한 번의 행복한 때로 기억한다.

2) 순례의 서

'순례의 서'는 시인이 수행하는 현실적 순례와 함께 영혼의 순례를 노래한다. 2부의 시작부는 시적 화자가 마음속으로 느꼈던 1부의 내적 평화가 한때 깨졌음을 보여 준다.

> 나 다시 기도합니다. 그대 고귀한 자여,
> 나의 깊은 곳은 한 번도 쓰인 적 없는
> 속삭이는 말을 할 줄 알기에
> 당신은 바람결에 내 목소리를 다시 듣습니다.
>
> 나는 흩어졌었습니다. 적대자들로 인해
> 산산이 깨졌었지요, 나의 자아는.
> 오 신이여, 웃는 자들 모두가 나를 두고 웃었고
> 모든 술꾼은 나를 마셔 버렸습니다.

시인의 삶이 계속되는 것처럼 끊어졌던 『기도시집』의 시도 다시 이어진다. '나'는 체험적 자아로서 릴케 자신에 가깝다. '나'는 다시 신을 영접한다. 그런데 단절의 이유가 두 번째 연에서 밝혀진다. '웃는 자들', '술꾼'이 시적 화자의 '적대자들'로 나타난다. 이는 릴케가 보릅스베데 예술가촌에 머물렀을 때의 경험을 반영한다. 1900년 10월 3일 자 일기에서 그는 잦은 술자리와 무의미한 농담이 초래하는 고독의 파열과 그 위험성에 대해 언급한다.

> "우리는 우리의 모임에서 사람의 숫자가 늘어 날수록
> 커지는 위험성에 대해 이야기했다. 내가 그런 말을
> 꺼낸 이유는 모든 공동생활이 협조의 일방성과 제한에
> 기초하기 때문이다."

고독을 사랑하는 시인에게 사교 모임이 빈번한 공동생활은
적대적일 수밖에 없다. 이제 시인은 고독 속에서 신을 찾아가는
'순례'를 통해 2부를 전개하면서 자신의 길을 간다.

> 하지만 당신을 찾아가는 길은 끔찍이도 멀고,
> 오랫동안 아무도 간 적이 없어 황량합니다.
> 아, 당신은 고독합니다. 당신은 고독입니다,
> 당신은 머나먼 계곡을 향해 가는 마음입니다.

시인은 마음에 그리움을 담아 신을 찾아간다. 시인에게
신은 '그리움' 그 자체이다. "당신은 머나먼 계곡을 향해 가는
마음입니다."라는 구절은 『두이노의 비가』에서 「제1비가」의
시작을 알리는 "내가 울부짖은들, 천사의 위계에서 대체/ 누가
내 목소리를 들어 줄까?"와 같은 맥락으로 해석할 수 있다.
시인은 신과 천사를 멀리 떨어져 있는 그리움의 대상으로, 동시에
완전하고 이상적인 존재로 상정하며, 신과 천사를 찾아가는
순례 과정에서 자신의 마음속 풍경을 시로 쓴다. 이 순례의 길을
따라가며 시인이 그려 내는 이상향의 모습은 다음과 같다.

> 모든 것이 다시 커지고 힘을 얻게 될 것입니다.
> 땅은 소박해지고 물은 굽이쳐 흘러서
> 나무들은 거대해지고 담들은 아주 낮아질 것입니다.

그리고 계곡마다 목동과 농부들이
건강한 여러 모습으로 모여들 것입니다.

그리고 신을 도망자처럼 붙잡아
사로잡힌 짐승처럼 상처를 주고는
슬퍼하는 교회 하나 없을 것입니다,
집마다 찾아오는 손님들을 반기고
가없는 희생의 정만이 모든 행동에,
그대와 나의 가슴에 깃듭니다.

저쪽을 바라지도 넘보지도 않으며,
죽음을 욕되게 하려 하지 않는 마음,
지상의 일에 착실하게 봉사하며
손을 새롭게 하지 않는 마음만 있습니다.

시인은 미래에 펼쳐질 혹은 펼쳐지기를 바라는 이상적인
광경을 떠올려 본다. 미래형 조동사 'werden'을 활용해 평화롭고
안정된 미래를 그리며, 사람과 자연 사이의 조화를 묘사한다.
시인은 미묘한 대조를 통해, 자연스러움과 인위적인 것이 서로
어우러진 모습을 비교해 보여 준다. '나무'는 자연의 상징으로
하늘 높이 뻗어 나가지만, 인간이 만든 '담'은 낮아져 사람들이
서로의 마음을 열고 서로 공감하는 사회가 된다.
릴케는 또한 종교의 인위적인 제약에서 벗어나, 신을 교회라는
형식 속에 가두지 않는, 영혼의 자유와 성숙을 강조한다. 죽음을
초월하여 내세에서의 영생을 꾀하기보다는, 현세에서의 행복을
실현하자는 메시지를 전한다. 기존의 종교적 관행과 기대를
넘어선 믿음과 삶의 방식이 무엇인지 설파하는 것이다. 여기서
릴케는 자연의 장엄함을 노래하고, 생명을 육성하고 유지하는
농부와 목동들의 소박하면서도 진리에 충실한 삶을 찬미한다.

시인은 지상의 삶에 경의를 표하고, 죽음을 욕되지 않게 하는
자세를 칭송한다.

　릴케의 여정은 시 속에 생생히 펼쳐진다. 다음 시에서는 그가
『기도시집』 시절 여행했던 고장들의 이름이 등장한다.

> 당신은 베네치아와 카잔과 로마를 상속받습니다,
> 피렌체도 낭신 것입니다, 피사의 사원,
> 트로이츠카 라브라, 그리고 키이우의 정원 중
> 어둡게 뒤엉킨 통로들이 즐비한
> 동굴수도원을 당신은 상속받습니다.
> 종소리 추억처럼 울리는 모스크바,
> 그리고 소리는 당신 것입니다, 바이올린, 뿔피리,
> 말소리,
> 그리고 나직이 울려 퍼진 모든 노래는
> 보석처럼 당신에게서 빛날 것입니다.

　여기의 '당신'은 신이다. 시인의 눈에 비친 베네치아, 카잔,
로마, 피렌체, 피사의 사원, 트로이츠카 라브라, 키이우의 정원과
동굴수도원, 모스크바의 우스펜스키 소보르 교회가 시적
형상화를 통해 '상속물'로 탄생한다. 이렇듯 신에게 물려준다는
의미의 '상속'이라는 표현이 독특하다. 시인의 경험은 시를 통해
형상화되어 영원한 정신적 가치를 획득하고, 시인의 사명은
이로써 부분적으로 성취된다. 인생 경험을 통해 시인은 성숙하고,
시인의 성숙은 궁극적으로 신의 나라의 성숙과 맞물린다.
"나의 성숙과 더불어, 당신의 나라도 성숙합니다." 이 구절로써
시인이 시적 사명을 수행하는 이유가 요약된다. 시인은 또한
"당신을 완성하기를 꿈꾸는 사람은/ 그리하여 자신을 완성할
것입니다."라고 말한다. 여기에 릴케가 시민적 성공의 길을
포기하고 시인의 길로 나선 이유의 요체가 있다. 따라서 신과 '나',

둘은 상호 의존적이다.

신이여, 내가 죽으면 어떻게 하겠나이까?
나는 당신의 항아리인데 (내가 깨진다면?)
나는 당신의 음료인데 (내가 썩는다면?)
나는 당신의 의복이요 밥벌이입니다,
나와 더불어 당신은 당신의 의미를 잃습니다.

위 시에서는 신이 인간과 뗄 수 없는 관계에 있음을 항아리,
음료, 의복, 밥벌이 등 의식주를 통해 증명하고자 한다. '나'가
없는 신은 의미가 없다. 릴케는 신의 본질과, 신과 '나'의 관계에
대한 탐구를 펼치며, 그 전제로 무엇이든 소유하려는 인간의
태도를 비판한다. 이는 진정한 인간, 진정한 시인이 갖추어야
할 덕목이다. 그는 신과 올바른 관계를 어떻게 맺어야 하는지
이미지가 풍부한 언어로 전한다.

신이여, 당신은 걱정하지 않아도 됩니다. 그들은
참을성 있는 모든 사물에게 내 것이라고 말하니까요.
그들은 나뭇가지를 스쳐 지나가며
내 나무라고 말하는 바람과 같습니다.
(……)

그리고 한밤중 누군가 손으로 당신을 붙잡아
당신이 그의 기도 속으로 갈 수밖에 없다 해도
　　　당신은 손님,
　　다시 길을 떠납니다.

누가 당신을 가질 수 있나요? 숙성되지 않은 포도주가
점점 더 달콤해지다가 결국엔 자신에게 속하듯

어떤 소유자의 손에도 방해받지 않은 채
당신은 당신 것이니까요.

먼저 시인은 인간들의 소유욕을 비판한다. 인간은 사물이든
사람이든 모든 대상을 소유할 수 있다는 착각에 빠져 있으며
여기서 벗어나야 한다는 것이 그의 생각이다. 이는 신과의
올바른 관계 정립을 위한 성초 작업이다.
『기도시집』은 중세 신비주의자 마이스터 에크하르트의
사유에 깊이 뿌리를 두고 있다. 그에 따르면 세상 곳곳에 신성이
스며 있으며, 타오르는 열정을 가진 자에 의해 신과의 합일이
이루어짐으로써 신은 살아 있는 현실로 드러난다고 한다. 이런
관점은 기존의 인격적으로 여겨졌던 신의 개념을 반박하며, 신을
향한 자유롭고 독창적인 사색을 촉발한다. 특히 "한밤중 누군가
손으로 당신을 붙잡아/ 당신이 그의 기도 속으로 갈 수밖에 없다
해도/ 당신은 손님,/ 다시 길을 떠납니다."라는 구절에서 신은
깊은 믿음의 기도에 응답하지만, 결국에는 떠나가는 존재이다.
이는 신이 변하지 않는 인격적 고정물이 아니라 자유롭게
변모하는 존재임을 은유적으로 표현한 것이다.
결국, 릴케와 에크하르트는 신에 대한 우리의 이해가 고정되지
말아야 하며, 신은 자유의 개념과 연결되어야 한다고 생각한다.
이와 궤를 같이하여 릴케의 작품에서 신은 절대적, 고정된 실체가
아니라 늘 생성과 변화의 과정에 있는 "생성되어 가는 자"로
묘사된다. 이러한 관점은 기존의 종교적 상념과 전통적인 신의
개념을 뛰어넘는 새로운 종교적 자세를 요구한다. 릴케는 과거의
신을 답습하지 않고, 인간 의식의 깊이에서 부상하는 새로운
신의 형상을 추구한다.
『기도시집』에서 신은 변화와 성장, 생성의 힘을 지닌 존재로
다가오며, 이러한 역동성은 릴케의 젊은 시기 관심사와 맞물려
'생성하다'라는 동사를 통해 그 의미가 확장된다. 릴케에게

'생성'은 멈추지 않는 신의 자기 형성 과정을 구체화하며, 동시에 그가 염원하는 계속되는 변화와 진화의 상징적 표현이 된다.

이 변화의 여정 속에서 신은 더 이상 단일한 존재로 제한되지 않으며, 우리와 함께 호흡하고 우리의 의식을 통해 끊임없이 새로워진다. 그렇게 릴케의 시에서 전개되는 신은 당연히 전통적인 신학적 해석을 넘어서는 곳에 자리한다. 릴케는 우리에게 새로운 신을 경험하게 하며, 이는 내면의 신성한 창조 과정을 통해 우리 스스로 신을 재구성하고 이해함으로써 이루어진다.

릴케는 나아가 신을 위대한 아침노을, 시간을 초월하는 닭 울음소리, 아침 이슬, 미사, 처녀, 낯선 사나이, 어머니, 그리고 죽음에 비유한다. 신과 인간의 관계는 유동적이며, 위와 아래, 현재와 미래, 중심과 주변, 앞과 뒤가 끊임없이 전환된다. 릴케의 신은 성경에서 보는 전통적이고 초월적인 신이 아니라 내재적이며, 대지와 깊이, 그리고 어둠을 상징하는 존재다. 이 신은 생명의 근원이며, 매 순간 내재적인 힘으로 작용한다.

'순례의 서'는 처음부터 끝까지 이렇게 변화하며 '생성하는 신'을 향해 나아가는 멀고도 힘든 순례의 길을 노래한다. '순례'는 점점 고착되어 가는 우연의 세계에 대한 저항을 나타내며, 동시에 신을 향해 내면으로 돌아가는 길이다.

3) 가난과 죽음의 서

3부는 시인이 파리에서의 고통스러운 시간을 뒤로하고 기차를 타고 이탈리아의 휴양 도시 비아레조로 가는 여행길로 문을 연다.

> 어쩌면 나는 육중한 산맥의 단단한 광맥 속을
> 하나의 광석처럼 홀로 가고 있는지도 모릅니다.
> 나는 너무 깊은 곳에 있어 끝도, 멀리도
> 볼 수가 없습니다. 모든 것이 가까워지고

가까이 다가오는 것은 모두 돌이 되었습니다.

산속 길고 깊은 터널을 지나는 동안, 시인은 파리에서 겪은
고난이 되살아나며 새로운 고통에 휩싸인다. 마치 한 조각
광석처럼 산속에 깊숙이 밀어 넣어진 듯한 압박감을 경험하며,
이러한 압박감 속에서 파리에서 목격한 빈곤과 죽음의 이미지가
시인의 머릿속에서 여러 모습으로 나타난다. 그 리듬에 맞추어
시인의 생각은 자연스럽게 부정적인 것들, 특히 가난과 죽음에
집중한다.

그곳에 죽음이 있습니다, 하지만 어린 시절에
신비로운 인사를 던지던 그 죽음이 아닙니다,
그곳에서 만나는 것은 작은 죽음입니다,
그들의 고유한 죽음은 익지 않은 열매처럼
단맛도 없이 그들 가슴에 퍼렇게 달려 있습니다.

대도시에서 경험하는 '죽음'은 종종 부정적 이면을 갖는다.
이곳에서의 죽음은 대량 사망과 같이 무의미하게 다가오며,
성숙하기도 전에 사라지는 열매와 같다고 할 수 있다. 그것은
"고유한 죽음"이 아니다. 대부분 사람은 자신만의 색채를 가진,
의미 있는 죽음을 맞이하기보다는 자신의 본질에서 벗어난
상황에서 죽음을 맞이하게 된다. 이러한 상황은 결국 자신만의
고유한 삶을 살아가지 못한 결과라고 할 수 있다. 릴케는 '수도사
생활의 서'에서 이미 죽음에 대한 우리의 태도에 대한 새로운
인식을 촉구하고 있다.

나는 믿을 수 없습니다, 우리가 날마다
그 정수리를 빤히 내려다보는 작은 죽음이
우리에게 걱정거리, 고통이 된다는 것을.

우리는 종종 죽음을 두려운 적으로 여겨 가능한 한 삶에서 멀리하려 한다. 그러나 우리가 귀여운 어린아이를 안거나 손을 잡을 때 아이의 '정수리'가 훤히 내려다보이는 것처럼 시인은 죽음에 대해서도 이와 같은 친근한 자세를 취하라고 권한다. 죽음은 키도 작고 어린 "작은 죽음"으로 지칭된다. 그런데 왜 죽음을 두려워하여 피하며 삶의 질을 떨어뜨리는가? 이에 시인은 신에게 기도하며 외친다.

> 오 주여, 저마다 고유한 죽음을 주소서.
> 사랑과 의미와 고난을 함께한
> 삶에서 우러나는 죽음을 주소서.

'가난과 죽음의 서'는 우리가 일상에서 회피하려는 '가난'과 '죽음'이라는 주제를 사유의 한복판으로 불러들임으로써 특별함을 갖는다. 이러한 부정적 개념을 시인은 긍정적인 시각에서 깊이 있게 성찰한다.

우리에게 "고유한 죽음"을 가능케 하는 것은 "사랑과 의미와 고난"의 경험이다. 사랑을 체험하고, 목표에 따라 인생의 의미를 탐색하며, 고난 속에서 깨달음을 얻어 죽음을 맞이하게 될 때 비로소 그 죽음은 '고유'해진다. 죽음을 거부하지 않고 삶의 소중한 결실로 받아들여 삶을 더욱 가치 있게 살아가는 기회로 전환하는 것, 바로 이것이 시인의 깨달음이다.

시인은 또한 '가난'에 대한 사유를 더욱 심화한다. 파리 뒷골목에서 마주친 거지와 가난한 자들의 현실이 시의 언어로 재구성되며, 그 슬픔과 고통이 시에서 그만의 방식으로 표출된다.

> 그들에게 도시의 먼지란 먼지는 몽땅 달려들고,
> 온갖 쓰레기가 추근대며 매달립니다.
> 그들은 부스럼의 소굴처럼 배척되고,

사금파리처럼, 해골처럼,
해 지난 달력처럼 내동댕이쳐졌습니다,
그러나 당신의 대지가 고난에 빠질 때면
대지는 이들을 장미꽃 목걸이에 꿰어
부적처럼 몸에 지닐 것입니다.

그들은 순수한 돌보다도 더 순수하고
막 삶을 시작한 눈 못 뜬 동물과 같습니다.
그리고 더없이 소박하고 영원히 당신 것입니다.
아무것도 구하지 않으며 단 한 가지만을 소망합니다.

지금 있는 그대로 가난하게 해 달라는 것입니다.

'그들'은 실제로 가난한 사람들이다. 현실에서 마주하는 가난의
모습을 릴케는 자신의 사유를 펼치기 위한 출발점으로 삼는다.
그는 현실에서 부유한 계층이 보여 주는 가식적인 태도를 잘
알고 있으며, 이를 가난에 대한 논의와 상반되는 시각에서
보고 있다. 시인은 가난이라는 개념을 시 속으로 가져와 여기에
정신적 가치를 부여하는 변용 작업을 가한다. 도시에서 소외되고
경멸받는 가난한 이들의 존재가 오히려 가난의 상징적 의미를
전파하는 데에 적합한 근거가 된다.
  소유에 집착해 인간성을 잃어버린 세상을 비판하는 시각으로
릴케는 우리에게 말한다. "그러나 당신의 대지가 고난에 빠질
때면/ 대지는 이들을 장미꽃 목걸이에 꿰어/ 부적처럼 몸에
지닐 것입니다." "장미꽃 목걸이"는 순수함의 상징으로서 이
부적 역할을 맡은 존재는 가난한 이들이다. 고난에 빠진 대지를
구원할 수 있는 존재가 바로 가난한 자들이라는 말이다. 가난한
자는 지상의 모든 소유에서 해방되어 순수하기 때문이다. 이로써
가난과 순수, 그리고 자유는 같은 개념의 지평에 놓인다.

릴케는 그렇게 해서 현실의 가난을 찬양하고 고착시키는 것이
아니냐고 하는 문예학자 헤르만 퐁스의 비판에 대해, 개인의 삶의
상황을 외부의 개입으로 개선하려는 시도가 오히려 그 사람에게
익숙하지 않은 새로운 어려움을 초래할 수 있다고 지적한다.
릴케는 1924년 10월 21일 자 편지에서 이렇게 말한다. "한 사람의
상황을 바꾸어 보겠다거나 개선해 보겠다는 것은 그 사람에게
그가 익숙한 어려움에 더해서 또 다른 당혹스러운 어려움을
제공하는 것입니다."

이와 유사하게, 릴케는 죽음에 대해서도 일반적인 판단의
틀에서 벗어나야 한다고 본다. 『두이노의 비가』 「제1비가」에서
시인은 죽은 이들에 대해 다음과 같이 고백한다. "나 그들의
영혼의/ 순수한 움직임에 때때로 조금이라도 방해가 되는/
옳지 못한 자세를 조용히 버려야 하리라." 시인은 죽음을 일찍이
맞이한 이들에 대한 일방적이고 주관적인 평가를 지양해야
한다는 자기반성적 태도를 내비친다.

릴케는 시인으로서 가난과 죽음을 통해 현실의 정신적 가치를
탐색한다. 그는 가난에 내재된 순수성을 찬미하며, 가진 것 없는
상태를 숭고한 질서와 연결 지어 강조한다. 릴케는 가난한 자들의
순수함을 다음과 같이 묘사한다. "그들은 순수한 돌보다도 더
순수하고/ 막 삶을 시작한 눈 못 뜬 동물과 같습니다." 이 가난한
이들의 순수함이 바로 그들이 신 앞에 당당히 설 수 있는 이유다.
이어 시인은 가난한 자들의 순수한 속성을 신에게 부여한다.

당신은 가진 것 하나 없는 무일푼,
얼굴을 가린 거지입니다.
당신은 가난의 위대한 장미,
햇살에 빛나는 황금의
영원한 변용입니다.

신의 속성은 어디에도 누구에게도 속하지 않는다. 신은 고정되지 않은 모습으로 다양하게 변모할 수 있다는 것을 시인은 가난한 자들의 이미지를 통해 표현한다. 가난한 자들은 어디에 얽매임이 없이 자유롭다. "당신은 가진 것 하나 없는 무일푼"에서 "당신은 가난의 위대한 장미"로의 변모는 바로 이 때문에 가능하다. 무일푼의 상태는 "햇살에 빛나는 황금의/ 영원한 변용"이 될 수 있다. 이는 릴케가 크게 영향받은 에크하르트가 말한 "너의 마음을 텅 빈 들처럼 두어라."라는 가르침과 맥을 같이한다. 마음을 텅 빈 상태로 두어야 그곳으로 신이 찾아올 수 있고 풍요로운 생각이 깃들 수 있다.

『기도시집』은 가난을 가장 큰 덕목으로 삼아 삶 속에서 이를 직접 실천한 수도사 성 프란체스코(1181/82~1226년)에 대한 찬가로 끝을 맺는다.

> 아, 그는 어디 갔는가, 소유와 시간을 떨치고
> 위대한 가난으로 사뭇 강해져서는
> 시장 한복판에서 옷을 벗어 던지고
> 주교의 법복 앞에 벌거벗고 선 그는.
> 누구보다도 마음씨 곱고 사랑 가득한 사람,
> 그는 세상에 나와 젊은 봄처럼 살았습니다.
> 그는 당신의 나이팅게일의 갈색 형제,
> 그의 내면은 지상에 대한 경탄과
> 환희와 황홀로 가득 차 있었습니다.

현재의 상태에서 성 프란체스코의 부재를 애도하는 한편, 그의 생에 대한 찬사를 노래하는 이 시는 여러 감정의 교차점이다. 그는 세속적 소유와 시간의 제약으로부터 자신을 분리한 인물이다. 성 다미아노 교회의 십자가 앞에서 영적 깨달음을 얻은 후, 아버지의 거절을 무릅쓰고 아버지의 재산으로 낡은 이 교회를 수리하고자 했던 그는, 아버지의 반대에 부딪히자 아버지로부터 받은 옷을 그 교회의 주교 앞에서 벗어 던지며 신에게 귀의를 선언한다. 이 선택은 바로 '가난'이며, 가난은 여기서 자유를 뜻한다.

그는 지상의 사랑만을 추구하며 자연과의 교류 속에서 이 세상의 행복을 찾는다. "그의 내면은 지상에 대한 경탄과/ 환희와 황홀로 가득 차 있었습니다." 그는 가난을 통하여 신성한 경지에 이르고, 이로써 참된 아름다움과 기쁨을 발견한다. 이 땅의 색깔을 닮은 갈색 수도복을 입고 「태양의 노래」를 지은 그는 가난한 채로 살다가 교회 종소리처럼 울리며 이 세상에서 사라진다. 그가 어디로 사라졌는지 지금은 알 수 없다.

시인이 프란체스코를 칭송하고 그의 부재에 대한 슬픔을 드러내게 된 것은 그가 수도사이면서 가객이었고 지상을 사랑했고 시인에게 모범이 되었기 때문이다. 릴케가 설파하는 '가난'의 내적 고백은 『두이노의 비가』의 「제8비가」에서 말하는 "열린 세계"와 같다. "온 눈으로 생물은 열린 세계를/ 바라본다." 이렇듯 모든 이데올로기와 관습에서 벗어난 자유로움의 다른 말이 '가난'인 것이다.

4 『기도시집』을 읽는 법

1924년에 릴케는 읽기 방법을 두고 『기도시집』에 대해 이렇게 말한다.

> 『기도시집』은 한 송이 꽃을 꺾듯이 거기서 한 페이지나 시 한 편을 꺼낼 수 있는 그런 시집이 아닙니다. 내가 쓴 다른 어떤 책보다도 그것은 전체가 하나의 노래이며 한 편의 시입니다. 나뭇잎의 잎맥이나 합창단의 목소리가 그렇듯이 거기서 한 연을 원래의 자리에서 끄집어낼 수 있는 것이 아닙니다.

『기도시집』의 독특한 구성은 낱개의 시를 독립적으로 읽을
것이 아니라, 전체의 흐름에 따라 감상해야 할 당위성을 요구한다.
시인은 이 시집을 하나의 생명을 가진 유기체로 묘사하며, 각
부분은 서로 긴밀하게 연결되어 있어 개별적으로 분리해 내면
의미가 상실된다고 지적한다. 이는 나뭇잎의 잎맥과 유사하다.
잎맥은 나뭇잎의 건강과 기능에 필수적인 부분으로, 그것을
제거하면 나뭇잎은 생명력을 잃는다.

　시집 내의 각 시나 페이지도 이처럼 전체 작품과의 연계성
속에서 비로소 자신의 기능을 발휘한다. 각 구절이나 연은
작품 전체의 서사와 맥락에 의미를 부여하며, 이를 분리하면 그
아름다움과 의미가 손상된다. 합창단에서 하나하나의 목소리가
전체 합창과 조화를 이루듯, 시집의 각 부분 또한 전체적 조화와
아름다움을 이루어 내는 데 필수적이다.

　실제 『기도시집』에서는 구절과 구절, 각 부와 부가 어우러지며
이어지는 모습이 시적 화자를 통해 명확히 드러난다. 예를 들어
"내가 바로 그 사람입니다, 당신 앞에/ 수도복을 입고 무릎을
꿇었던 사람입니다."라는 '순례의 서' 속의 구절은 "내가 바로 그
사람입니다."라는 동일 인물임을 강조한 표현으로 제1부 '수도사
생활의 서'와 연결 고리를 형성한다.

　3부에서는 기차 여행을 통해 순례가 시작되는데, "어쩌면
나는 육중한 산들의 단단한 광맥 속을/ 한 개의 광석처럼
홀로 가고 있는지도 모릅니다."라는 첫 시는 '순례의 서' 마지막
작품의 "하지만 당신을 찾아가는 길은 끔찍이도 멀고,/ 오랫동안
아무도 간 적이 없어 황량합니다."라는 구절을 순례의 모티프
면에서 이어받고 있다. 『기도시집』의 화자는 제1부의 수도원에서
출발하여 제2부의 강과 들판을 거쳐 제3부에서는 대도시를
떠돈다. 기도와 순례는 작품 전체를 통해서 끝없이 계속된다.

시인은 『기도시집』을 단순한 시 모음집으로 보지 않고,
각각의 시가 전체 작품의 일부로서 고유한 역할을 하며
통일성을 이룬다고 생각한다. 그는 이 시집에서 개별 시의
독립적 가치보다는 한 묶음으로서의 통일된 아름다움과 가치를
강조한다. 이는 『기도시집』의 예술적 통일성을 지향하는 시인의
의도를 반영하며, 독자들에게 시집을 전체적인 작품으로
경험하고 평가할 것을 권장하는 메시지를 내포하고 있다. 이
시집을 접하는 독자는 각 시와 페이지가 얽히고설키는 전체적인
조화를 통해 심오한 아름다움과 의미를 발견할 수 있을 것이다.
　이 원리는 우주 속 작은 부분을 차지하는 모든 사물에도
적용된다. 만물은 서로 연결되어 있고, 거대한 우주 교향곡의 한
조각을 이룬다. 릴케는 초기의 글 「사물의 멜로디」에서 이러한
세계관을 드러낸다.

　　멜로디의 한 부분이 된다는 것, 즉 어떤 특정한 공간을
　　갖는다는 것 그리고 나아가 전체 작품에서 특정한 의무를
　　갖는다는 것, 그 단순한 확신만으로도 편안한 안정감을
　　줍니다. 전체 작품 속에서는 가장 작은 부분까지도 가장
　　큰 것으로 평가되는 것입니다.
　　　― 「사물의 멜로디」(1898년)에서

　앞에서 인용한 『기도시집』과 관련한 릴케의 말을 뒷받침해
주는 글이다. 그는 부분과 전체의 관계를 예술 작품과 음악을
통해 설명하면서, 전체가 조화를 이루기 위한 각 세세한 부분의
중요성을 강조한다. 모든 요소는 자신의 역할을 충실히 이행할 때
스스로 안정감을 느낀다. 각 부분의 안정감은 예술을 창조하고
감상하는 이들에게도 편안함과 만족감을 준다.
　릴케는 작은 요소 하나에도 가치를 부여하여, 때로는 그
작은 디테일이 전체 작품의 아름다움과 의미를 결정짓는 중요한

역할을 한다고 말한다. 이는 부분과 전체가 상호 조화를 이룰 때,
작품이 작가와 독자에게 기쁨을 제공한다는 생각을 반영한다.

 릴케는 독자들에게 시어 하나하나에 귀 기울이라고 권하며,
그것들이 전체와 연결되는 방식을 이해하도록 격려한다.
그의 관점에서 볼 때, 기도는 순례와 연결되어 의미를 갖고,
나아가 가난과 죽음은 인간의 가치를 이해하는 데 도움을
준다. 『기도시집』의 1부에서는 수도원의 종소리가 울려 퍼지는
고요함을 느낄 수 있으며, 2부에서는 들판을 지나는 바람의
시원함을, 마지막 3부에서는 가난과 죽음을 가까이하며
소유의 무게를 내려놓고 얻는 자유로움을 경험할 것이다. 1부
'수도사 생활의 서' 속의 조화로운 세계는 3부의 가난과 죽음을
대비적으로 이해하는 데 도움이 된다.

 이 시집의 언어는 응축보다는 기도 조로 흘러내리며, 독자에게
시인의 내적 고백을 체감하게끔 유도한다. 각 구절을 읽으며
겉으로 드러나는 의미를 넘어서, 시어 뒤에 숨겨진 깊은 뜻을
탐색하길 권한다. 이는 마치 기도, 순례, 가난, 죽음이라는 낱말들
뒤에 존재하는 무언가를 상상해 보며 묵상하는 과정과 유사하다.

 그러나 무거운 개념이나 시적 이미지만을 추구하며 읽는 것이
전부는 아니다. 각기 작은 부분까지도 주의 깊게 읽음으로써 시적
언어를 넘어 시인의 고유한 생각을 조명할 수 있기 때문이다.
이러한 인식을 바탕으로 『기도시집』에 접근하면, 겉에 드러난
겸허하고 경건한 종교적 분위기만이 아니라, 그 속에 깃든, 삶과
예술을 대하는 시인의 진솔한 자세를 발견하며 진정으로 작품의
재미를 느낄 수 있을 것이다.

2025년은 릴케의 탄생 150주년을 기념하는 해이다. 이를
기리는 뜻에서 그의 문학의 주춧돌이 된 작품『기도시집(Das
Stunden-Buch)』을 독일어 원문과 함께, 전문(全文) 번역하여
내놓는다. 이 시집은 1905년에 독일 현지에서 처음 출간된 이후
독자들의 열렬한 사랑을 받으며 시인의 생전에만 6만 부가
팔렸을 만큼 센세이션을 일으킨 작품이다. 당시 이는 한 권의
시집으로서는 이례적인 성취였다. 이 시집이 큰 인기를 끈 것은
작품 속에 담긴 사유의 신선함과 독자에게 전하는 치유와 위로
덕분이다.

이미 1992년 초, 역자는 이 시집을 국내에서 처음 완역하여
출간했고, 이후 2000년에는 열세 권의 '릴케 전집'의 첫 권에
재수록한 바 있다. 그로부터 20여 년이 지난 지금, 오랫동안
릴케의 원문을 연구한 경험을 바탕으로 새롭게 번역하면서
원전의 맛을 살린 번역을 만들고자 노력했고, 이해를 극대화하기
위해 상세한 주석을 첨부했다.

릴케가 독일어로 시 작품에 부여한 시적 음악성을 우리말로
되살려 보고자 했고, 또한 그만의 이미지들의 연결 고리를
바탕으로 시의 화폭을 복원하는 작업에 집중함으로써 그의 시
세계의 풍부함을 우리말로 살리고자 했다.

릴케의 문학 세계를 깊이 들여다보면, 초기 작품에서 생겨난
사고가 그의 후기 문학 세계에까지 그 빛을 드리우고 있음을 알게
된다. 그의 작품들은『기도시집』을 기점으로 하여 뒤로 가면서
점차 거대한 문학적 구조물을 형성한다.

『기도시집』은 삶과 종교, 그리고 시의 상관성을 아름다운
언어로 풀어 내며, 시적인 진실과 삶의 본질이 공존하는 하나의

세계를 펼쳐 보인다. 릴케가 초창기의 미숙함에서 벗어나
시인으로서의 개성을 찾은 것도 이 시집이고, 독자에게 시의
아름다움과 시적 사유를 제공한 것도 이 시집이다.

독일어권 국가인 오스트리아, 독일, 스위스에서도 릴케 탄생
150주년을 맞아 다채로운 행사가 열리며 그의 삶과 작품을
기념하고 있다. 금번에 출간하는 『기도시집』은 산정을 오르듯이
피라미드의 꼭대기를 향해 가는 릴케의 문학 세계의 발전적
연계선상에서 만년의 대작 『두이노의 비가』를 보다 쉽게 이해할
수 있는 소중한 징검다리 역할을 할 것으로 믿는다.

2023년에, 독일 현지에서의 작품 출간(1923년) 100주년을
기념하여 소개한 『두이노의 비가』와 이번에 출간하는
『기도시집』이 릴케 문학의 전기와 후기를 아우르는 한 쌍의
기념비적 작품집으로서 독자들에게 더욱 깊은 독서의 즐거움을
줄 수 있기를 바란다.

2025년 3월
김재혁

세계시인선 61   나는 나의 삶을 살고 있습니다

1판 1쇄 찍음 2025년 4월 1일
1판 1쇄 펴냄 2025년 4월 5일

지은이   라이너 마리아 릴케
옮긴이   김재혁
발행인   박근섭, 박상준
펴낸곳   (주)민음사

출판등록   1966. 5. 19. (제16-490호)
주소   서울시 강남구 도산대로1길 62
          강남출판문화센터 5층 (06027)
대표전화   02-515-2000   팩시밀리 02-515-2007
www.minumsa.com

ⓒ 김재혁, 2025. Printed in Seoul, Korea

ISBN 978-89-374-7561-0 (04800)
      978-89-374-7500-9 (세트)

세계시인선 목록